PRÓLOGO

Ali estava ele, sentado no alto da sua glória, a pensar com muita lucidez que se tinha perdido completamente algures no turbilhão do sucesso. Lourenço Brasão sonhara que um dia alcançaria a fama, claro, mas perguntava-se agora de que lhe servia viver em função da fama se ia a caminho de um futuro vazio. *Um dia*, pensou, *não me vai restar nada além da fama*.

A praia da Costa de Caparica estava já praticamente deserta. Tinha sido um daqueles dias perfeitos de Verão, com o Sol a brilhar, visibilidade total e um calor que se pusera agradável com a aragem do fim da tarde. Lourenço inclinou a cabeça para trás, lentamente, a saborear o ar puro da praia e uma das suas cigarrilhas preferidas. Soltou o fumo que lhe queimava os pulmões. Afundou os pés na areia quente e emocionou-se secretamente com os tons púrpura que enchiam o céu naquele fim de tarde de Julho.

Viera de Lisboa num impulso e agora estava sentado na esplanada da praia do Rei com a sua imperial e a sua cigarrilha, a apreciar o espectáculo do Sol a pôr-se. Tudo muito romântico, muito sensível, muito... meloso. Lourenço fazia por não ser assim, oficialmente. Passara muito tempo a *construir* uma imagem e quem o conhecesse não diria que fosse homem de perder mais de dois segundos a contemplar um pôr do Sol. Em contrapartida, podia sentar-se na intimidade da sua sala a ver um filme sozinho e embrenhar-se na história ao ponto de se emocionar. Coisa que não admitiria a ninguém, claro. Seria pouco viril. Se calhava uma amiga comentar casualmente que vira o mesmo filme, que o adorara e até chorara, Lourenço abanava a cabeça com um sorriso condescendente e dizia: «mulheres...»

Na redacção gostava de ser um profissional frio, calculista, imune às tragédias diárias que corriam no ecrã quando apresentava os noticiários de televisão. Tal e qual como um médico de serviço nas Urgências de um hospital que, ao receber uma vítima de acidente de trânsito, não deixaria de galhofar sobre a fabulosa festa da noite passada enquanto se aplicava eficientemente na tarefa de recompor o *puzzle* de ossos quebrados do infeliz politraumatizado.

Mas se calhasse dar uma entrevista à revista *Lux* ou a qualquer outra do coração, diria sem pejo que algumas das reportagens terríveis que apresentava na televisão lhe despedaçavam a alma — usaria esta expressão com uma sinceridade comovente. Diria: «Sabe? Um jornalista tem de conviver com isso...»

De modo que ninguém, além dele próprio, sabia realmente o que normalmente lhe ia na cabeça. O medo de parecer demasiado sensível, a necessidade de se mostrar sofisticado, o desejo de ser apreciado sem ter de revelar mais do que quase nada da sua intimidade, o sorriso hipócrita para o seu pior inimigo... tudo facetas do papel de figura pública que, havia muito, assumira.

Lourenço irrompia todos os dias na redacção de coluna hirta e cabeça erguida, irradiando uma autoconfiança admirável. Distribuía palmadas nas costas e trocava simpatias com todos no caminho para a secretária do *pivot*, a sua secretária no centro da sala. E, no entanto, não era diferente das pessoas comuns, não conseguia evitar aquele nervosismo latente da insegurança quando saía de casa a pensar nos riscos de dar a cara em mais uma emissão ao vivo, tal e qual como um vulgar empregado de escritório se sentiria perante o peso da responsabilidade de uma qualquer tarefa importante.

Esvaziou o copo num instantinho. O empregado trouxe-lhe outra cerveja, não solicitada.

— Esta é oferta da casa — disse, visivelmente entusiasmado por o ter ali na sua esplanada.

— Ah, muito obrigado.

Lourenço irradiava simpatia naturalmente e as pessoas gostavam dele. Quem é que não gostava de ser simpático com uma figura

UMA PROMESSA
DE AMOR

TIAGO REBELO

UMA PROMESSA
DE AMOR

EDITORIAL PRESENÇA

FICHA TÉCNICA

Título original: *Uma Promessa de Amor*
Autor: *Tiago Rebelo*
Copyright © by Tiago Rebelo e Editorial Presença, Lisboa, 2002
Fotografia: © *Getty Images/Image One*
Capa: *Ana Espadinha*
Fotocomposição, impressão e acabamento: *Multitipo — Artes Gráficas, Lda.*
1.ª edição, Lisboa, Março, 2002
2.ª edição, Lisboa, Abril, 2002
3.ª edição, Lisboa, Agosto, 2002
4.ª edição, Lisboa, Junho, 2003
5.ª edição, Lisboa, Dezembro, 2004
6.ª edição, Lisboa, Fevereiro, 2007
Depósito legal n.º 254 000/07

Reservados todos os direitos
para a língua portuguesa à
EDITORIAL PRESENÇA
Estrada das Palmeiras, 59
Queluz de Baixo
2730-132 BARCARENA
Email: info@presenca.pt
Internet: http://www.presenca.pt

pública, de trocar umas palavras agradáveis com Lourenço Brasão para mais tarde comentar o privilégio com os amigos?

O empregado voltou à sua rotina e Lourenço ficou com o sorriso pendente, pensativo. Quando é que a vida se tinha tornado assim tão fácil? Veio-lhe à memória a sua primeira reportagem de impacte nacional. Tinha sido há quanto tempo? Treze anos, *parecem trinta,* pensou, *aconteceram tantas coisas depois disso...* Estava então com 23 anos, acabado de sair da universidade, voluntarioso. Oferecia-se para qualquer trabalho, por mais insignificante que fosse, mas sempre à espreita de uma oportunidade maior. Sonhava com *a* reportagem, aquela que o tornaria famoso.

A sua primeira reportagem importante roubara-a a um repórter sénior já demasiado enfastiado com a profissão para se dar ao trabalho de atender o próprio telefone.

— Lourenço — disse o jornalista mais velho —, atende isso, que eu tenho mais que fazer. — Estava a ler o jornal. Lourenço atendeu.

— O que era? — perguntou-lhe, quando ele desligou.

— Era um maluco — disse Lourenço, encolhendo os ombros.

— Ah, pois — resmungou o outro. — Estão sempre a telefonar.

Mas o maluco anunciara-lhe que acabara de matar a mulher e os dois filhos pequenos e que gostaria que o fossem buscar a casa. Lourenço foi contar ao chefe de redacção o que se estava realmente a passar e este mandou-o sair em reportagem.

Chegou ao local antes da polícia. Ia acompanhado por um repórter de imagem e um assistente. Os três ficaram fechados no apartamento com o homem perturbado, rodeados pela morte, durante quase cinco horas. Lourenço lembrava-se, como se fosse hoje, da caçadeira carregada, o dedo trémulo no gatilho, o rosto transtornado, os corpos tristes banhados em sangue.

Conseguiu manter-se ao telefone, em directo, a maior parte do tempo, consternando o país com a tragédia. E naquele tempo era mesmo *todo* o país, uma vez que as televisões privadas ainda estavam por decidir e o monopólio pertencia à pública. O homem acabou por entregar-se à polícia, vencido pelo cansaço, derrotado pela irracionalidade, e Lourenço Brasão tornou-se, ele próprio, notícia. Foi entrevistado no telejornal, fotografado pelos jornais e ouvido pelas rádios. Quando, mais tarde, o colega sénior, furioso, o confrontou com o sucedido, ele regressou momentaneamente ao registo do estagiário ingénuo.

— Não pensei que fosse importante — disse.

O motor da *Honda 750* soltou um derradeiro ronco poderoso antes de se remeter ao silêncio no momento em que Isabel Laureano cortou a ignição. Havia apenas quatro ou cinco carros no parque de estacionamento da praia do Rei. Isabel reconheceu o *BMW* descapotável de Lourenço, imponente com os estofos de couro amarelo-torrado. Retirou o capacete integral depois de colocar o descanso e descer da moto. Era pequenina de estatura e quando parava num semáforo equilibrava o monstro de duas rodas esticando os pés, em pontas, com a graciosidade de uma bailarina.

Abanou a cabeça para soltar um cabelo louro e fino. Usava-o curto, mas isso não lhe traía a feminilidade, pois havia em Isabel algo de tão bonito, de tão perfeito, que encantava os homens. Tudo nela era pequenino. Embora não fosse exageradamente magra, não seria possível adivinhar-lhe os contornos dos seios, porque se escondiam de forma insuspeita debaixo de uma camisola larga de algodão azul-forte com riscas brancas.

Despiu o casaco de cabedal e enfiou as luvas dentro do capacete. As mãos dela eram pequenas, suaves e quentes. Vestia calças de ganga que lhe assentavam maravilhosamente. Levitou por cima da areia com a intenção de manter os sapatos de ténis limpos por dentro, até chegar ao terreno firme da passadeira de cimento e estugar o passo em direcção ao restaurante da praia.

A primeira coisa que Isabel reparou foi no bilhete de avião em cima da mesa, colocado ali intencionalmente com toda a certeza, mas não lhe fez qualquer referência.

— Estás bom? — ofereceu-lhe um sorriso jovial e beijou-o na face, fazendo-lhe ao mesmo tempo uma carícia quase fraternal no rosto. Lourenço percebeu que ela estava na defensiva, desconfiada. Telefonara-lhe mais cedo, a meio da tarde, convidando-a a ir ter com ele à praia depois do trabalho. «O que é que se passa?», quisera saber Isabel. «Nada, vamos conversar um bocadinho», respondera ele, evasivo, sem querer adiantar nada por telefone.

— Olá, senta-te — disse Lourenço. — Queres beber alguma coisa?

— Pode ser uma coisa dessas — apontou para a imperial meio vazia em cima da mesa.

Lourenço voltou-se na cadeira e fez sinal ao empregado, levantando o seu próprio copo como que a significar que queria outro igual. O homem acenou positivamente com a cabeça e desapareceu atrás do balcão.

— Vais viajar? — perguntou finalmente Isabel, pousando os olhos azuis no bilhete de avião. Tinha colocado o capacete virado para cima na areia e estava recostada na cadeira com as pernas estendidas, displicente. Agora já não queria saber da areia nos sapatos.

— Hum, hum — fez Lourenço, confirmando pausadamente com a cabeça, ao mesmo tempo que comprimia os lábios, com gravidade. Reparou na expressão triste dela e sentiu-se mal por saber que a ia magoar. E não queria.

Fechou os olhos por um segundo, transmitindo uma mensagem de apaziguamento. Lourenço fazia muito isto, instintivamente, e Isabel adorava. Mas desta vez sentiu um aperto no peito e teve de se dominar para não deixar que as lágrimas lhe assomassem aos olhos.

— Vais hoje? — perguntou. A voz saiu-lhe frágil.

— Não — disse ele, sem coragem para se alongar em explicações. Odiava-se por estar a sujeitá-la àquilo, queria poupá-la ao sofrimento, mas não havia outra maneira de fazer o que tinha de fazer. Pelo menos, tinha a obrigação de ser totalmente honesto com ela, de não a enganar.

— Então? — Abriu os braços, impaciente. — Amanhã?

Lourenço voltou a acenar com a cabeça, lentamente, sem falar, como se as palavras ainda pudessem contribuir mais para a ferir. Isabel limpou com raiva uma lágrima traidora, furiosa consigo mesma, irritada por se permitir à humilhação do que disse a seguir, mas sem o conseguir evitar.

— Vais vê-la?

— Não sei — disse Lourenço, remexendo-se na cadeira, incomodado. — Nem sequer sei se ela me quer ver.

11

O empregado apareceu com duas cervejas num tabuleiro e ficou entre eles enquanto os servia, remetendo-os ao silêncio. Colocou um copo em frente de Isabel e outro, que Lourenço não tinha pedido, à frente dele. O homem apercebeu-se do ambiente pesado e limitou-se a um sorriso agradável. Em troca, recebeu de ambos agradecimentos vagos, murmurados.

O Sol era agora uma bola perfeita, avermelhada, por cima do mar. Já estava fraco e podia ser admirado à vista desarmada. Contudo, Isabel tirou do bolso do casaco uns óculos escuros e colocou-os. Não queria que ele a visse lacrimosa. Acima de tudo, não queria fazê-lo sentir-se incomodado com a situação ao ponto de só pensar em acabar com aquilo depressa e desaparecer. *Não,* pensou, teriam uma conversa civilizada, como dois adultos, sem choros nem recriminações.

— E eu — perguntou Isabel, sem tirar os olhos do mar —, e nós? Já não há nada que te prenda a mim? Já não sentes nem um bocadinho de amor por mim?

Apesar de tudo, apesar do que ele lhe estava a fazer, Isabel não podia deixar de o amar. Mas conseguia compreender que não o podia obrigar a sentir o mesmo por ela. Queria apenas saber, ter a certeza do que ia na cabeça de Lourenço. Afinal de contas, já esperara tanto tempo por ele...

— Claro que sinto — disse Lourenço. — Olha, Isabel, pode ser ridículo dizer-te isto agora, mas tu continuas a ser a pessoa mais importante na minha vida.

— Não parece. — As palavras saíram-lhe sem querer, automaticamente, com uma ponta de amargura, e arrependeu-se logo.

— Eu sei que não parece — concordou. — Mas é precisamente por continuar a gostar tanto de ti que não posso, não quero, enganar-te. — Lourenço fez uma pausa para arrumar os pensamentos, à procura das palavras certas. — Olha, Isabel, imagina que eu casava contigo sabendo que continuava a pensar nela. Não estava a ser honesto contigo, não te ia fazer feliz e, provavelmente, daqui a um ou dois anos estávamos separados. Era isso que tu querias?

— Não, claro que não — disse Isabel, e depois a voz saiu-lhe sumida, quase num sussurro: — Eu só te perguntei se já não sentias nada por mim porque continuo a achar que nós nascemos um para o outro, mesmo se tu agora não consegues sentir isso.

És bem capaz de ter razão, pensou ele, desolado, *e se calhar eu sou estúpido por estar a deitar fora o nosso amor.*

— Tens de me deixar ir, Isabel. — Pareceu-lhe que ele estava quase a implorar-lhe, como se quisesse o seu consentimento para a trocar por outra. — Tens de me deixar ter a certeza.

Isabel tirou os óculos escuros, segura de que não ia chorar mais, e olhou-o directamente nos olhos, irritada com a injustiça. Ele não tinha o direito de lhe pedir o apoio!

— Vai — disse, fria. — Faz o que tens a fazer. Mas não te passe pela cabeça que me podes deixar e me vais ter de volta quando te cansares das outras.

— Não são *outras* — corrigiu-a. — Eu não costumo andar com *outras*. Nunca te enganei.

— Seja o que for — encolheu os ombros. — Não interessa. Eu não vou ficar à tua espera.

— Eu sei. Não te estou a pedir isso. Desculpa se te dei a entender que era isso que queria.

— Óptimo. — Isabel agarrou no capacete e levantou-se. — É bom saber que és responsável pelas tuas decisões e que consegues viver com elas. Faz boa viagem.

E, dito isto, virou-se e partiu, decidida. Lourenço deixou de a ver no momento em que contornou o restaurante e desapareceu na passadeira de cimento. Ainda ouviu o ronco abafado da moto, segundos mais tarde, mas não a viu arrancar com o acelerador a fundo e a roda traseira a derrapar na terra, e a dar uma chicotada violenta para o lado contrário, quase a atirando ao chão antes de se equilibrar e se impulsionar furiosamente para a frente no caminho esburacado que a levaria à estrada para Lisboa. Lourenço fechou os olhos, apertando as pálpebras com força, como se estivesse a fazer uma careta de dor e, quando voltou a abri-los, reparou que a noite já tinha chegado.

Pagou a conta e foi-se embora com a terrível sensação de que acabara de fazer uma grande asneira, a asneira da sua vida. Mas também com a certeza de que tinha de ser assim.

O BMW entrou directamente para o acesso subterrâneo do edifício de luxo à beira Tejo, na zona oriental da cidade, a Lisboa moderna da exposição internacional que decorria naquele ano de

13

1998. Desceu uma rampa e estacionou no lugar correspondente a um apartamento no quarto andar. Lourenço Brasão atravessou a garagem em direcção aos elevadores sem se preocupar em trancar o carro. Ao fundo, no topo da rampa, a porta automática fechou-se sozinha. Carregou num interruptor de parede e, após uma breve hesitação, a fila de luzes brancas fluorescentes no tecto de betão iluminou a garagem.

Os seus passos ressoaram no imenso espaço vazio. Usou uma chave para abrir uma porta pesada e entrou no pequeno átrio marmoreado que dava acesso aos elevadores. Em menos de um minuto estava em casa.

A sala era um luxo de quarenta metros quadrados. Janelas panorâmicas prolongavam-se ao longo da parede, abrindo-se para uma varanda e fazendo um L, de forma que o topo sul ficava praticamente em cima do Tejo. O chão de mármore cinzento-claro coberto por tapetes dividia a sala em duas áreas distintas. À direita, uma mesa de jantar com tampo de vidro suficientemente grande para sentar dez pessoas confortavelmente; à esquerda, os sofás de couro preto, a estereofonia e a televisão estilizadas, *Bang&Olufsen*. Havia uma lareira em mármore e um grande armário feito à medida da parede com um pequeno bar em baixo. Lourenço serviu-se de um uísque *J&B* puro que deitou num copo de balão.

Desembaraçou-se dos sapatos e refastelou-se na sua poltrona favorita. Ligou a televisão com o comando, optando pela função de mosaico para poder ver vários canais ao mesmo tempo. Retirou-lhe o som. Em seguida accionou o CD e o *Requiem* de Mozart envolveu suavemente a sala. Com um segundo comando reduziu ao mínimo as luzes, evitando assim os reflexos na janela. Ao longe, surgiu a ponte Vasco da Gama, iluminada por milhares de pequenas luzes suspensas que rompiam, como por magia, o vazio negro da noite.

Lourenço acendeu um pequeno charuto cubano *El Rey Del Mundo* e ali ficou, indolente, a vigiar o trânsito como se fosse o dono da ponte. Inevitavelmente, os seus pensamentos vaguearam ao sabor da disposição até se fixarem em Isabel. E foi surpreendido por um súbito sentimento de solidão que o deixou angustiado. Isabel era o que ele costumava pensar, meio a sério meio a brincar, um *valor seguro*. Pois bem, acabara de deitar pela janela o seu *valor seguro*. Recordou-se vagamente de uma conversa alcoólica de muitas horas com um colega da televisão, num bar escuro a puxar ao intelectual, num daqueles buracos do Bairro Alto muito apreciados pelos amantes da noite e da conversa fiada ao sabor dos copos.

— Ouve lá, Lourenço, quando é que te decides a casar? — perguntou-lhe o colega, lançando-lhe uma provocação típica das quatro da madrugada.

Lourenço deu uma passa profunda na cigarrilha *Davidoff*, bebeu um pouco de uísque, chegou-se à frente apoiado num cotovelo e deixou cair, de uma só tirada, toda uma filosofia de vida.

— Para que é que vou prender-me a uma mulher quando posso ter um monte delas?

Mas agora, perdido na imensidão luxuosa da sua sala, percebia pela primeira vez que estava quase sozinho neste mundo. Em breve ia fazer trinta e seis anos e a sua família resumia-se a um irmão que emigrara há largos anos para os Estados Unidos, onde estava casado com uma americana de quem tinha três filhos que nem português falavam e lhe eram praticamente desconhecidos. Pela milionésima vez, prometeu a si próprio fazer a viagem a Seattle, onde o seu irmão trabalhava como engenheiro na indústria aeronáutica. Recentemente, pouco antes da maratona informativa a propósito da inauguração da Expo 98, falara com o irmão ao telefone e, mais uma vez, combinaram uma visita em breve aos Estados Unidos, «quando as coisas acalmarem», dissera, mas ambos sabiam que não se realizaria.

Desde que se lembrava de si, Lourenço tinha sido sempre demasiado individualista. Conseguira fazer o liceu e a universidade sem ficar com um único amigo. Havia sempre muitos conhecidos, claro. Mesmo agora, na televisão onde trabalhava há seis anos, dava-se maravilhosamente com a maior parte das pessoas. Havia alguns colegas com quem saía para beber um copo e algumas mulheres com quem tinha ido, ocasionalmente, bem mais longe do que o simples copo. Mas, bem vistas as coisas, quem é que ele podia considerar realmente amigo? Qual deles é que não poderia passar a ser, de um dia para o outro, um *alvo a abater*, se a concorrência profissional a isso obrigasse? Lourenço bebeu o resto do uísque do

15

fundo do copo e sentiu-se vazio. Percebeu que começava a sentir-se cansado de ser um tipo dissimulado e egoísta, coisa que até há bem pouco tempo não o incomodava nem um bocadinho.

Pensou novamente em Isabel e surpreendeu-se a meio de um longo suspiro. Isabel estava a seu lado desde o primeiro dia da faculdade de Direito. Tinham aprendido todas as leis a estudar em conjunto e tinham sido amantes eventuais. No segundo ano, após muitas hesitações, haviam assumido finalmente o namoro, com todas as esperanças e todos os projectos que isso acarretava. Mas Lourenço soubera escapar-se às amarras do compromisso, uma e outra vez, habilmente, com desculpas de liberdade. Dizia que a amava mas que precisava do seu espaço. Casar estivera sempre longe do seu horizonte. Primeiro argumentou com a juventude, depois com a dedicação exclusiva ao início de carreira.

Perdeu-a de vista, momentaneamente, a seguir à faculdade. Desistiram ambos de fazer vida de tribunal. Lourenço ganhou o *vício* do jornalismo; Isabel entrou no mundo da publicidade.

Um dia, depois da reportagem dramática que o catapultou para os primeiros degraus da fama, Isabel telefonou-lhe. Saíram para jantar e, mais uma vez, tiveram uma recaída de amor.

Lourenço era um homem alto, atlético, de ombros largos, rosto anguloso e cabelo encaracolado como um deus do Olimpo. Pelo menos, Isabel assim o via. Ela, pequenina e bonita, com a sua imagem frágil, abria todas as defesas quando ele a abraçava, envolvendo-a ternamente nos seus braços fortes, e a transportava sem esforço para a cama, onde uma noite de amor conseguia fazer eclipsar a angústia de ficar à espera de um telefonema de Lourenço, de uma palavra que a fizesse saber que ele ainda a queria, que ele ia querê-la para sempre.

PARTE UM

1

Às nove e meia da noite, em Madrid, a *Castellana* era uma avenida atrapalhada. O trânsito permanecia imperturbavelmente caótico. Aparentemente, o cansaço de um dia de trabalho e o frio seco e penetrante de Janeiro não eram razões suficientes para intimidar os madrilenos. Estes, ao contrário do resto dos europeus, estariam àquela hora mais interessados em garantir uma mesa num dos *glamorosos* e incontáveis restaurantes da cidade, em vez de pensarem em retirar-se para o calor do lar.

Luz María vislumbrou um espaço em cima do passeio, num dos parques paralelos à avenida, e nem hesitou. Apontou o *Seat Cordoba* e estacionou ali mesmo, pouco preocupada com o risco de apanhar uma multa. No banco traseiro, a pequena Maruja dormia, rendida a um dia de correrias na escola. Como sempre, Luz María interrompera o trabalho na produtora às cinco da tarde para ir buscar a filha e regressar à sala de montagem nos arredores de Madrid, onde ultimava um documentário para uma televisão nacional.

Abriu a porta de trás e retirou a filha adormecida, que se acomodou nos braços da mãe sem dar sinal de vida. Ia directa para a cama. Luz María não seguia a *movida* madrilena. Trabalhava o dia inteiro e só pensava em voltar para casa, livrar-se dos sapatos apertados, tomar um banho e enfiar-se na cama. Luz María nem sequer era espanhola, embora vivesse em Madrid há quatro anos. Ao contrário da filha, que nascera por acaso em Lisboa, Luz María passara uma infância relativamente tranquila em Havana, sua terra natal, sem sonhar que estava destinada a uma vida de percalços motivada por um espírito desassossegado e por uma ânsia de liberdade.

Em 1958, muito antes do nascimento de Luz María, Jorge Torrado, o pai dela, apesar de ser um homem culto, vivia um quotidiano tão simples quanto o de qualquer outro agricultor dedicado à sua terra. Cultivava tabaco, planta que era o ganha--pão de Cuba. Estava com trinta anos e era proprietário de extensas terras, razoavelmente próspero, mas acima de tudo orgulhoso do seu trabalho.

Um dia os seus campos foram atravessados por uma coluna de guerrilheiros barbudos, chefiados por um comandante que, dizia--se, estaria a passear-se nas ruas de Havana dentro em breve.

Era a época da sementeira e Jorge Torrado avaliava o estado dos campos fazendo escorrer a terra por entre os dedos, como se fosse um garimpeiro com uma mão cheia da areia do rio à procura de pepitas de ouro. O primeiro guerrilheiro surgiu em silêncio, cauteloso, do arvoredo que rodeava o campo lavrado e deu alguns passos seguros, aventurando-se no terreno a descoberto. Trazia uma *AK-47* nas mãos, empunhava a arma de assalto de fabrico soviético pronta a disparar. Logo surgiu outro e outro e outro...

O comandante era um homem amável, de estatura imponente, que também usava barba e envergava o uniforme verde-oliva. Nesse tempo Fidel Castro ainda fumava charuto e foi com agrado que se sentou no alpendre da casa do agricultor e acendeu um *robusto* que este lhe ofereceu, juntamente com um pouco de rum caseiro, em sinal de hospitalidade. Inspirou profundamente o fumo do charuto com os olhos postos no terreno cultivado que se expandia em sulcos a perder de vista mesmo ali em frente à casa.

— Sabe que mais, companheiro? — disse Fidel, entusiasmado com a beleza serena do campo milimetricamente moldado pelo arado. — Há muito tempo que ando nesta vida e já vi as coisas mais extraordinárias que um homem pode ver por mais anos que viva. E, no entanto, continuo a achar que não há nada mais belo e mais honesto do que o fruto arrancado à terra. E olhe que eu sei bem o que isso custa — disse, apontando para o agricultor com o charuto entalado entre os dedos. — Os sacrifícios que são necessários para que estejamos aqui sentados, calmamente, neste fim de tarde perfeito a fumar um charuto e a beber rum... — Abanou a cabeça, sublinhando dessa forma o espanto que aquilo lhe causava.

— Não há recompensa sem esforço — disse o agricultor — e eu faço isto por gosto.

— Acredito, acredito — congratulou-se o comandante. — E é por isso que me dá a volta ao estômago ver agricultores honestos como o senhor darem tudo o que têm pelas suas terras, enquanto outros transformam Havana num bordel para viverem de proveitos que em nada ajudam o povo.

Fidel Castro revelou-se de uma educação e de uma tranquilidade de espírito surpreendentes para alguém que vivia há tanto tempo acossado pelo exército governamental. Vinha da *Sierra Maestra*, região inóspita onde planeara o assalto à capital. Aceitou a hospitalidade do agricultor e passou uma noite repousante no quarto dos hóspedes. Era uma casa confortável mas sem luxos, nem muito espaço, de modo que os guerrilheiros tiveram de montar acampamento no exterior e dormir à volta de fogueiras festivas, com o lume a estalar ao som dedilhado que saía da guitarra de um revolucionário. A música de fundo ouviu-se madrugada fora. Os homens beberam rum e cantaram a vitória antecipada até caírem sob as estrelas, vencidos pelo cansaço.

De manhã bem cedo, enquanto os guerrilheiros levantavam o acampamento, limpando civilizadamente todos os vestígios da noite, Fidel Castro despediu-se do anfitrião, fazendo troar com emoção a sua voz arrastada.

— Estou-lhe muito agradecido pela sua hospitalidade — disse, apertando-lhe calorosamente a mão entre as suas. — Já não me lembrava do que era dormir numa cama.

— Sempre que precisar — ofereceu Jorge Torrado. — É uma casa às suas ordens.

— Muito obrigado, mais uma vez. E agora — declarou Fidel, com os olhos a brilhar — é tempo de me pôr a caminho, que logo, logo, tenho de estar em Havana.

21

O agricultor deixou-se ficar a ver Fidel Castro desaparecer, caminhando à frente dos seus guerrilheiros e ficou a pensar: *ali vai um homem justo, comprometido com a sua causa a favor do povo.*

Alguns meses mais tarde, com Fidel Castro já instalado no poder em Havana, apareceram na fazenda outros homens bem menos tolerantes. Estava-se em finais de Maio e o comandante Fidel assinara o decreto da Reforma Agrária a dezassete desse mês. Os comissários políticos disseram a Jorge Torrado que a partir daquele momento deixava de ser proprietário porque as suas terras tinham passado a pertencer ao povo. «Por alma de quem?!» quis saber Jorge Torrado, incrédulo, enervado e cheio de vontade de ir a casa buscar a espingarda de caça. «Por alma de uma nova lei que se fez para trazer justiça ao povo», explicaram--lhe, dizendo que agora havia um novo regime em Cuba em que ninguém era dono de nada e todos eram donos de tudo. Chamavam--lhe a Revolução.

Luz María sabia esta história de cor, não porque a tivesse presenciado, pois ainda não era nascida, mas por a ter ouvido da boca do pai alguns anos depois dos acontecimentos.

Arruinado, Jorge partira para Havana, levando consigo umas poupanças resgatadas a uma caixa de chocolates cheia de dólares e enterrada nas traseiras de sua casa a pensar em alguma eventualidade nefasta. Chegado à capital, alugou um quarto e deixou-se ficar alguns meses, discretamente inactivo, a perceber os humores da Revolução. Eram tempos perigosos, tempos de ajustes de contas. Qualquer um podia ser engolido pela Revolução e o pai de Luz María tomou todas as precauções para não pôr um pé em falso. Progressivamente, foi-se integrando na nova ordem, certo de que seria denunciado às autoridades pelos vizinhos caso insistisse em manter-se à parte da sociedade colectivizada. Nessa época, o individualismo não era bem visto em Cuba.

Tornou-se funcionário numa repartição pública do Ministério dos Transportes e fez carreira sentado a uma secretária afogada em papéis cuja utilidade, para ser honesto, trinta e quatro anos depois, quando se reformou, ainda tinha dificuldade em explicar.

Casou com uma colega de serviço e, com o que lhe restava da providencial caixa de chocolates, adquiriu uma casa digna onde viveu até ao dia da sua morte.

Luz María nasceu depois da Revolução e teria crescido sem conhecer outra realidade se o pai não tivesse tomado a iniciativa de lhe ir explicando que o mundo não acabava naquela ilha isolada. Cauteloso, foi-a deixando perceber que o paraíso cubano não era bem como lhe ensinavam na escola oficial. Não lhe disse tudo de uma vez, com medo de que a filha pudesse revoltar-se ou repetir na escola o que só podia ser dito em casa.

O apartamento da *Castellana* era um palácio, se comparado com a casinha acanhada onde Luz María vivera em Cuba, mas não havia ali nenhum armário dispendioso ou algum sofá comprado nas irresistíveis lojas de Madrid. Em compensação, Luz María podia chegar ao fim do dia e gozar com a mãe e a filha o conforto dos seus 150 metros quadrados sem recear a inveja dos vizinhos. Em Havana era obrigada a partilhar a sua vida com desconhecidos. Uma vez por mês, as pessoas do seu quarteirão reuniam-se no núcleo do Comité de Defesa da Revolução para debaterem os problemas locais e decidirem a atribuição de tarefas *voluntárias*. Tanto lhe podia calhar a brigada de varredores de rua como ver-se incluída nos turnos de guardas-nocturnos populares que vigiavam as ruas e controlavam os passos dos vizinhos. Recusar-se a contribuir para estas tarefas comunitárias teria sido o primeiro passo para ser considerada anti-social, contra-revolucionária e, em breve, candidatar-se a perder o emprego e a ser perseguida das mais diversas formas.

Enquanto adolescente, Luz María nunca conseguiu deixar de se sentir intrigada com a passividade do pai. Ele não se tornara amargo nem se rendera ao cinismo, apesar de lhe terem roubado as terras e a vida que ambicionara construir com a certeza de quem sabia exactamente qual era a sua vocação.

— Se não tivesse sido a revolução — disse uma vez a Luz María, para lhe aplacar a fúria de uma revolta cada vez maior — não teria conhecido a tua mãe e tu não terias nascido. E não há nada mais importante para mim neste mundo do que a minha família.

— Sim — disse ela, irritada com o optimismo do pai —, mas ainda terias a tua fazenda e, provavelmente, estarias casado com outra mulher e terias outra família que amarias tanto como esta. E, como sabes, nenhum pai é capaz de distinguir o amor por um filho em relação ao irmão, por isso não importa se era eu ou outro qualquer, desde que fosse teu filho.

— Não concordo — contrariou-a. — Há muitos pais que se dão bem com um filho e nem sequer falam com o outro. A ti conheço--te bem, outro qualquer não sei como sairia.

— Isso é porque se afastaram por alguma circunstância infeliz. Mas, mesmo que estejam de relações cortadas, raramente um pai deixa de amar o seu filho.

Inabalável nas suas convicções juvenis, Luz María ainda não adquirira a maturidade suficiente para perceber a atitude do pai.

— Se um ladrão me roubasse e eu soubesse a sua identidade, não descansaria até o meter na prisão — disse, toda esganiçada, gritando em voz baixa para que os vizinhos não a ouvissem. Estavam na sala a conversar e, como era de noite, as suas vozes projectavam-se com facilidade para o exterior. Fazia muito calor e a janela e a porta da rua estavam abertas para deixar passar uma aragem. A entrada era de porta dupla. Uma de madeira sólida, que estava sempre aberta por causa do calor, e outra de grades, que ficava fechada. Mas uma das poucas vantagens do estado policial em que viviam era que quase não havia crime, de forma que não precisavam de se preocupar em trancar-se. Em contrapartida, o bom senso dizia-lhes que não seria prudente falar em voz alta quando comparavam os responsáveis do governo a criminosos comuns. O pai acendeu um charuto sem marca, comprado depois do emprego a um vendedor ambulante quando esperava na fila do autocarro para regressar a casa.

— E fazias bem — deu-lhe razão. Apagou o fósforo com um sopro de fumo e ficou de olhos postos na chama que transformou o charuto numa tocha efémera. — Fazias bem — repetiu, pensativo, a ver a chama extinguir-se. — Mas, por outro lado, se soubesses que ias desperdiçar a tua vida inteira a perseguir o ladrão e, se soubesses que tinhas pouca ou nenhuma esperança de reaver o que ele te roubara, então talvez reconsiderasses. Talvez pensasses que mais valia preocupares-te em ser feliz com o pouco que tivesses, do que seres infeliz por causa de uma cruzada condenada ao fracasso. Eu escolhi ser feliz.

Uma das qualidades de Luz María era saber escutar. Desde pequena que era rebelde e o pai, que a conhecia tão bem, nunca fizera nada para contrariar o carácter forte da filha. Se quisesse impor-lhe à força os seus pontos de vista, ela rejeitá-los-ia liminarmente. Mas se a confrontasse com a força da lógica, ela assimilaria a sabedoria do pai e aceitá-la-ia como uma bênção. Outra das qualidades de Luz María era ser inteligente.

À superfície, o pai não passava de um burocrata inofensivo e sem história. Um homem simpático mas insignificante. Passara anos a cultivar essa imagem discreta. Sabia que, enquanto não criasse conflitos nem se revelasse demasiado ambicioso, ninguém o tomaria de ponta nem o envolveria em intrigas perigosas. A educação era a sua arma, pois conseguia sempre levar a sua avante replicando a um colega teimoso ou a um cidadão insistente com uma simpatia inquebrantável, dizendo *não* as vezes que fossem necessárias sem levantar a voz, sem ser desagradável e sem ceder um milímetro. Poucas pessoas sabiam que, na realidade, aquele homem diligente com os seus papéis de secretaria possuía uma instrução superior e uma cultura invulgar. Luz María aprendeu muito com o pai e acabou por admirá-lo pela sua capacidade de ultrapassar as contrariedades da vida com um sorriso, sem se deixar consumir por ódios mesquinhos, tão vulgares naquela época. E foi graças aos seus conselhos que conseguiu fugir da ilha, na altura certa, sem ir atrás de uma decisão precipitada e deitar tudo a perder.

Foi durante a juventude que a mãe de Luz María teve mais peso na sua educação. Mariela Peña era uma mulher sem grande beleza mas uma alma prestável e com uma alegria de viver que, não só encantara o marido desde a primeira hora, como cativava todos os que a conheciam, sem excepção.

Trabalhava na mesma repartição pública que o marido, onde o conhecera. Tinham começado exactamente no mesmo dia e, como eram ambos absolutos ignorantes da vida própria da papelada que transitava um percurso estabelecido por balcões, corredores e cestos de secretárias, apoiaram-se desde o início procurando orientar-se nos labirintos da burocracia.

Casaram três meses depois.

Quando Luz María nasceu, os pais deram graças a Deus por aquele pedaço de gente tão pequenino que lhes parecia irreal. A criança trouxe-lhes uma alegria tão grande quanto a que sentiram no dia do casamento. Contudo, fizeram um pacto: não voltariam a ter filhos enquanto não houvesse uma verdadeira democracia em Cuba. E foi por isso que Luz María nunca chegou a ter irmãos.

A mãe orientou-a desde pequenina. Graças a ela, Luz María chegou aos primeiros indícios da idade adulta incólume às consequências nefastas das transformações sociais que se abateram impiedosamente sobre as pessoas, propiciando vinganças aleatórias e provocando ódios e ressentimentos, tudo em nome de um ideal político com costas largas.

Agora estava em Espanha, e só a certeza de que Maruja poderia crescer em segurança já era suficiente para se sentir conciliada com a vida.

Enfiou a chave na porta de casa, atrapalhada com a filha ao colo e a carteira a cair-lhe.

— *Mamí!* — chamou para dentro. A mãe surgiu da sala e foi ajudá-la.

— Dá-ma cá — disse, tomando Maruja nos braços.

— Obrigada, Mamí. Esta miúda está cada vez mais pesada.

— Eu levo-a para a cama. Deixa-te ficar na sala. Já te levo qualquer coisa para comeres. — *Qualquer coisa para comeres*, vindo da boca dela queria dizer uma refeição quente, com sopa, resto e fruta.

— Não tenho fome, Mamí — reclamou Luz María, sabendo que a mãe lhe havia preparado o jantar. — Só me apetece tomar um banho e enfiar-me na cama. Estou morta.

— Nem penses que estive uma hora na cozinha para nada.

— Está bem — sorriu. — Eu como qualquer coisa.

Não havia um único dia em que Luz María não desse graças a Deus por ter conseguido arrancar a mãe às garras da sua Cuba natal. De certa forma, a história da mãe repetira-se com ela. Por altura da revolução, o avô materno de Luz María, comerciante abastado, dono de três grandes armazéns onde se vendia um pouco de tudo o que fazia falta aos lares de Havana, foi surpreendido em plena passagem de ano pela entrada na capital dos primeiros revolucionários. Havia pânico na cidade: os governantes corruptos, os chefes militares e todos aqueles que orbitavam em redor do poder que agora caía na rua, correram para o aeroporto de Campo Colômbia e para o porto da capital em traje de cerimónia, saídos directamente dos bailes de ilusão para apanharem os aviões e os barcos que os levariam ao exílio. Durante horas, voos sucessivos partiram de Campo Colômbia, transportando através da noite os assustados membros do regime para Miami, Nova Iorque, Nova Orleães e Jacksonville, nos Estados Unidos.

Mas o avô de Luz María não se precipitou no turbilhão da fuga desenfreada. Porque tinha a consciência tranquila de uma vida de trabalho sem trapaças, não receou a vingança de ninguém. Contudo, reuniu a família no salão da casa senhorial em *la Habana Vieja* e comunicou à mulher e aos seis filhos o que iam fazer.

— Não tenho ilusões — disse, cofiando gravemente o seu comprido e grisalho bigode aristocrático —, amanhã, todos os que tiverem uma conta bancária decente serão apontados a dedo na rua e acabarão na prisão, independentemente de serem honestos. O novo regime não vai tolerar a existência de empresários. A iniciativa privada faliu em Cuba. Por isso, meus filhos, façam as malas que partimos ao amanhecer.

Enquanto a família fazia as malas, o avô de Luz María dirigiu-se ao seu escritório no primeiro andar. Ignorou as prateleiras repletas de livros que nunca tivera tempo para ler, foi directo ao retrato a óleo do seu pai, retirou o quadro da parede e abriu um cofre. Esvaziou o conteúdo num grande saco de viagem: vários maços de dólares, duas barras de ouro e jóias. Às três da madrugada, enquanto o ditador Batista embarcava a bordo de um avião para Ciudad Trujillo, na República Dominicana, o avô de Luz María desceu pela última vez as escadas da sua casa com tudo o que lhe restava da sua imensa fortuna no saco de viagem. Não era nada, comparado com os bens acumulados numa vida de trabalho, mas dar-lhe-ia para recomeçar em Miami.

Ao amanhecer reuniram-se no átrio da casa, prontos para partir. Iriam para Miami a bordo do iate da família que já os esperava no porto. Ainda hoje, Mariela lembrava-se perfeitamente de todos os segundos desse momento dramático. Por vezes, relatava--o à filha.

— A tua avó ficou lívida quando me perguntou pela minha mala e eu comuniquei-lhe que não ia com eles. Tinha vinte e cinco anos e estava apaixonada. Não ia fugir dum bando de barbudos e deixar para trás a razão da minha existência, naquela altura, pelo menos — dizia, lembrando-se que o namorado a largara como um trapo velho nem três meses depois, deixando-a desamparada com o seu desgosto de amor. Mas então já era tarde de mais para fugir. — A minha mãe disse que se recusava a partir sem mim. As minhas irmãs, mais novas, começaram a chorar, assustadas, mas o meu pai, prático como sempre, pôs-me dois maços de notas nas mãos, abraçou-me e acabou com aquilo desejando-me toda a sorte do mundo. O meu pai receava que eu não conseguisse casar. Só tivera um namorado na vida e, pelas suas contas, até já devia estar cheia de filhos. Naquela época casava-se cedo e eu já ia nos vinte e cinco.

O avô de Luz María tivera razão em pensar que não poderia passar à margem da revolução e continuar com a sua vida de empresário. Depois da família partir, Mariela ficou assustada, mergulhada na solidão opressora daquele casarão habituado ao burburinho alegre de um quotidiano cheio de gente. Os pais, os irmãos, os criados e uma multidão de indefectíveis amigos que passavam por ali a toda a hora tinham desaparecido. De um momento para o outro, viu-se abandonada, sentada na sala com as mãos no colo e as lágrimas a escorrerem-lhe em rios de tristeza. Pura e simplesmente, não sabia por onde recomeçar a vida que escolhera sem muito tempo para pensar com a tranquilidade que a gravidade da situação aconselhava. Era a primeira vez que estava por sua conta e risco. Mas os acontecimentos haveriam de decidir tudo por ela.

Quinze dias depois a casa foi ocupada. Um bando de gente maltrapilha entrou sem pedir licença e tomou conta das doze divisões espaçosas. Vieram famílias inteiras, conscientes da anarquia e da impunidade que, naquela época, atravessavam a ilha de lés a lés, e chegaram a bater-se pela posse dos móveis da casa, perante o espanto da legítima proprietária. Chocada, ela própria interveio para sossegar a cobiça dos pobres e mediou a distribuição dos bens seculares da família por aqueles indigentes dispostos a matar por uma cadeira.

Sem ter para onde ir, Mariela entrincheirou-se no seu quarto e isso foi tudo o que lhe restou do casarão enorme onde, então, até o salão servia para albergar duas famílias numerosas e hostis como leões a defenderem o seu território.

O nível cultural de Jorge e Mariela, superior ao dos colegas de repartição, e a circunstância de se sentirem entre estranhos, contribuíram para que desenvolvessem uma afinidade natural. Ele convidou-a para um passeio ao fim da tarde em Havana.

— Por que é que não partiste com a tua família para Miami? — perguntou-lhe. — Percorriam o passeio do *Malecón*. Ela cruzou os braços enquanto caminhava sem o fitar directamente. Era tímida e demorou alguns segundos a procurar as palavras certas para responder.

— Por causa de uma pessoa — disse.

— Um homem?

— Hum, hum — abanou a cabeça. O sol das Caraíbas envolvia o horizonte marítimo com tons de laranja belíssimos. Era engraçado, Cuba estava virada do avesso mas quem passeasse por ali àquela hora diria que era a mesma marginal de sempre, com os seus belos edifícios coloridos de dois e três andares com varandas e longas colunas que formavam arcadas em baixo, os seus casais apaixonados, os pescadores de linha amadores e os automóveis espampanantes em marcha lenta na estrada larga. Como se nada de extraordinário se tivesse passado na ilha.

— Quer dizer que vais casar? — continuou Jorge a arrancar-lhe as palavras que Mariela não diria espontaneamente.

— Não.

— Não?

— Não. Acabámos tudo.

— Ah — fez ele, evitando espalhar-se com alguma inconveniência.

— Ele deixou-me — acrescentou ela com uma voz sumida.

Pressentindo o desgosto, Jorge desviou rapidamente a conversa para um assunto sem importância embora, lá dentro, a sua alma se tivesse iluminado.

— E a tua família? — perguntou-lhe Mariela dali a pouco.

— Não tenho família nenhuma — explicou-lhe. — Sou filho único e os meus pais morreram há uns anos num acidente de viação.

— Que horror — reagiu ela, com uma expressão perturbada.

— O meu pai era alcoólico — prosseguiu. — Vinham de uma festa e despistaram-se.

Fez-se um silêncio incómodo. Deram alguns passos, meditando nas revelações de ambos, interiorizando o que acabavam de saber um do outro.

— Comemos um gelado? — sugeriu Jorge, preenchendo aquele vazio, à vista de um vendedor ambulante.

— Pode ser.

Mariela deixou-se ficar para trás, observando Jorge a comprar os gelados. Ele trazia vestida uma camisa de manga curta, azul-clara, que usava por fora das calças. Reparou nos seus braços fortes e nas mãos rudes. Era um homem musculado e seco, sem aquela barriguinha típica dos funcionários que passavam os dias sentados à secretária. *Coitado*, pensou Mariela, *deve ter saudades das suas terras.* Jorge voltou com um gelado em cada mão e um sorriso no rosto.

— Aqui está — entregou-lhe o gelado. — Cuidado que já está a derreter.

— Obrigada.

Sentaram-se no parapeito da marginal a saborear o gelado.

O mar quente que banhava a baía de Havana já se iluminara com os milhares de reflexos das luzes da cidade. O Sol dera lugar à Lua, mas o ar continuava impregnado de uma humidade quente. *É a cidade mais bonita do mundo*, pensou Jorge, tocado por uma bonomia momentânea.

Mariela deixou cair a pergunta casualmente.

— Sentes falta da tua vida anterior?

— Sinto — confessou ele. — Quando o meu pai morreu deixou-me a fazenda praticamente arruinada. Tive muito trabalho a recuperá-la. Foram anos de esforço, sabes? E, quando as coisas começavam a correr bem, tiraram-me tudo... E tu? Sentes falta da tua vida?

— Sinto especialmente falta da minha família. De certa forma, a minha vida actual é mais interessante do que a anterior. O meu pai era rico e eu não fazia nada de especial. Era uma menina de família destinada a casar e ter filhos. Agora tenho de trabalhar, de viver no mundo real. — Mariela esqueceu-se do gelado a derreter-se-lhe na mão. — De certa forma — continuou — tudo isto que se está a passar em Cuba tem um lado... — hesitou à procura da palavra certa — interessante.

— Lá isso tem — disse Jorge, carregado de cinismo.

— Não, a sério. Repara, eu vivia muito melhor do que agora, morava num casarão enorme em *la Habana Vieja* e, de repente, a minha casa foi invadida por um bando de esfomeados capazes de me atirar pela janela só para eu não os expulsar. Então, fiquei ali a olhar para as crianças daquelas famílias, sujas e assustadas e, em vez de me revoltar, tive pena delas. Quis ajudá-las, percebes? Eu não sabia que havia gente assim tão pobre em Cuba.

— É verdade que havia muitas injustiças — concordou Jorge —, mas agora também há.

Este foi apenas o primeiro dos muitos passeios que deram a partir de então, sempre ao fim da tarde no *Malecón*, pois ganharam o hábito de aproveitar aquela hora do dia para ficarem sozinhos, apreciando a companhia um do outro. Desde o início perceberam que, entre eles, podiam falar à vontade, sem terem de se preocupar em medir as palavras quando diziam o que sentiam. Criaram uma cumplicidade que se foi tornando cada vez mais íntima, até ao dia em que Jorge olhou Mariela directamente nos olhos e perguntou-lhe sem vacilar:

— Queres casar comigo?

Era uma noite de festa improvisada na rua dele pela comissão de moradores do bairro. Bebia-se rum e cerveja e dançava-se ao som do *cha-cha-cha*, da rumba e dos mambos tocados ao vivo por uma orquestra de músicos alegres que sabiam como criar um ambiente de felicidade e paz propício ao amor. Jorge e Mariela divertiam-se com uma conversa tonta e ele surpreendeu-a a meio de uma gargalhada espontânea que lhe morreu instantaneamente na garganta. Mas, apesar da surpresa, Mariela respondeu sem hesitar.

— Quero.

E então beijaram-se pela primeira vez, com os olhos húmidos de felicidade porque, nos seus corações aliviados pela confirmação do amor, já não havia dúvidas de que ficariam juntos para sempre.

2

Luz María começou a preparar a fuga de Cuba no dia em que falou com o pai sobre a inquietação que lhe ia na alma.

— Quero sair daqui para fora — disse-lhe. — De vez.

Jorge estava sentado a ler o jornal na sua velha poltrona de veludo a pedir um forro novo mas que, tal como o resto da casa, aguardava por um milagre que permitisse gastar-se algum dinheiro para além das despesas correntes. Baixou um pouco o jornal e espreitou por cima dos óculos com uma expressão intrigada.

— Já decidi — continuou ela. — Vou arranjar maneira de sair de Cuba.

— Faças o que fizeres — disse o pai, tirando os óculos que pousou gravemente no colo —, nunca deixes que ninguém perceba quais são as tuas intenções. O pior que te podia acontecer era seres apanhada nalguma conspiração.

— Eu sei, pai. Não se preocupe, que eu não me meto em nada que não tenha a certeza de que resulte.

— Amanhã vou falar com uma pessoa que conheço e que tem contactos no *Granma*. Pode ser que te arranje emprego lá.

— No *Granma?!* — O *Granma* era o jornal oficial do partido e a sugestão de um emprego no principal meio de propaganda do governo pareceu-lhe absolutamente descabido. Mas não era.

— Sim, no *Granma* — confirmou ele, imperturbável. — Se queres tentar a fuga tens de te colocar numa posição inatacável, onde ninguém desconfie de ti. Queres melhor do que o *Granma* para seres considerada uma comunista exemplar?

Luz María acabara de sair da universidade com o curso de jornalismo concluído e, aos vinte e três anos, adquirira maturidade suficiente para tomar decisões desta gravidade. Jorge pôs o jornal de lado, desculpou-se com um resmungo qualquer e levantou-se para ir à cozinha beber um copo de água, esperando que a filha não reparasse que estava pálido e com as mãos a tremer.

A perspectiva dela desaparecer definitivamente da sua vida abalou-o profundamente. Mas aquilo não era mais do que a consequência natural das longas conversas que eles tinham mantido durante anos naquela mesma sala. Abrira-lhe os olhos para que Luz María não se tornasse apenas mais uma ovelha no rebanho do regime e agora sentia que não tinha o direito de a impedir de seguir o seu caminho.

Sentou-se num banco da cozinha, com os cotovelos em cima da mesa de plástico onde costumavam jantar e escondeu o rosto entre as mãos. Ficou assim, desorientado, respirando fundo com medo de desmaiar, assustado e a pensar onde é que iria arranjar coragem para dar a notícia à mulher.

3

O *El Bodeguero* foi-se enchendo timidamente ao longo da noite, mas às onze e trinta já não cabia mais ninguém. A casa não passava de um espaçoso salão de baile com um palco a cair aos bocados, uma pista de dança cheia de beatas atiradas ao chão por clientes sem modos e, ao fundo, um descolorido balcão de madeira a que já faltava o brilho do verniz de outras épocas, atrás do qual estava um jovem empregado de calças pretas e uma camisa branca razoavelmente encardida. Nada ali convidava a entrar, quanto mais a ficar. E, no entanto, por alguma razão que todos eles conheciam, às sextas era garantido que a casa estaria a abarrotar antes da meia-noite.

Havia música ao vivo. Uma orquestra de jovens músicos virtuosos inebriava a sala com sons latinos que levavam toda a gente para a pista. Uma nuvem de fumo de tabaco assentava no ambiente fechado, misturando-se com o calor dos corpos e a humidade que escorria das paredes manchadas. Os homens davam o seu melhor na pista, competindo uns com os outros na execução de hábeis passos de dança, acompanhando irrepreensivelmente os ritmos do Caribe como dançarinos profissionais. As mulheres usavam vestidos leves com rachas e decotes generosos. Eram morenas bonitas de corpos brilhantes do suor da dança.

Os empregados serviam copos de *cuba libre* com gelo e cerveja gelada e, aparentemente, ninguém ligava à degradação geral, às mesas gravadas a golpes de canivete e às cadeiras bamboleantes de pernas frágeis, e tão-pouco à tinta que se descolava das paredes enegrecidas por décadas de fumo e humidade. Em 1996 o *El*

Bodeguero permanecia tal e qual quando da inauguração, ainda antes da revolução de 1959. O bar estava como a Revolução: ia resistindo paulatinamente, contra tudo e contra todos, à erosão do tempo.

Aquilo não era bar para estrangeiros, a não ser que fossem excêntricos, mas pelo menos tinha as portas abertas a todos os cubanos, ao contrário dos estabelecimentos requintados que os turistas frequentavam, onde a maioria dos cubanos, autorizados a entrar, só lá ia para servir às mesas.

No palco, Alex Cristobal desviou os olhos da trompete sem deixar de tocar. Há uns bons cinco minutos que estava a vigiar tudo o que se passava numa mesa discreta junto à parede do seu lado esquerdo. Duas mulheres, jovens e suficientemente atraentes para o deixarem em estado de alerta, bebericavam *cubas libres* entretidas num bichanar tímido. Tinha-as debaixo de olho. Logo, logo seria a vez de Alex brilhar com um solo e ele preparou-se para dar o seu melhor. Esta noite queria dar nas vistas.

Alex Cristobal chamava-se assim por que vinha de San Cristobal, sua terra natal, e aquele era o nome artístico que tinha escolhido. Desde os catorze anos que tocava com os colegas de escola um pouco de tudo, desde os instrumentos de percussão à flauta, mas acabou por dedicar-se à trompete, influenciado pelo seu ídolo Arturo Sandoval. Aos dezasseis foi para casa de um tio em Havana e continuou a seguir os passos de Sandoval inscrevendo-se na Escola Nacional de Artes Cubana, onde estudou durante três anos. Aos dezanove já morava em casa própria e tocava numa orquestra da capital.

Alex evidenciou-se pelo espalhafato. Era muito espalha-brasas, muito *show off,* mas ao contrário de Sandoval, que era um génio da trompete, Cristobal não passava de um habilidoso de palco. Durante anos andou a saltitar de orquestra em orquestra, não aguentando muito tempo em nenhuma delas por causa do seu feitio hollywoodesco. Queria à viva força ser sempre a estrela da companhia, mas os músicos mais velhos acabavam invariavelmente por atirá-lo ao tapete.

Entrava numa orquestra pela porta grande, irradiando energia, esbanjando charme, não poupando ninguém com elogios. Nos primeiros ensaios fazia-se modesto e dizia que ia com vontade de aprender, que se sentia nas nuvens por estar ali a tocar com os grandes. Mas logo se punha com ideias novas, a sugerir uma coisinha aqui, outra coisinha ali, a opinar sobre tudo, a dar aos mais velhos conselhos disfarçados de sugestões, enfim, a querer dirigir a orquestra. Os outros riam-se do desplante do jovem, encolhiam os ombros sem perder a bonomia pacata de quem já por ali andava há muitas décadas e continuavam a tocar como muito bem entendiam.

Vinham as birras, os amuos e as intrigas, tentando explorar desencontros, incitando desavenças. Mas a amizade dos outros costumava ser mais forte que os expedientes de Alex. Homens de talento genuíno, em geral unidos por anos de estrada e paródias sem conta, aqueles músicos de fibra iam complicando a vida de Alex, divertindo-se à farta com pequenas partidas de palco que o deixavam perdido em embaraços vários.

Em breve Alex Cristobal estava a bater à porta do funcionário público que geria o sector artístico do país a implorar-lhe mais uma transferência. Em Cuba os músicos eram empregados do Estado e ganhavam todos o mesmo salário, de forma que Alex, tal como os outros, estava sujeito aos humores dos comissários políticos que tinham poder soberano sobre a sua carreira. Eram estes burocratas quem decidia se ele tocava numa boa ou má orquestra ou se, pura e simplesmente, não podia tocar em lado nenhum. Ele abominava-os, via-os como uma *cambada de ignorantes de merda, incapazes de distinguir um ré de um fá.* Mas engolia em seco e lá ia com muita humildade e todo o seu encanto pessoal dizer-lhes palavras agradáveis e solicitar-lhes alguma simpatia e compaixão. Fazia o número do incompreendido, procurava explicar-lhes o génio criativo que lhe estava no sangue, que lhe brotava por todos os poros, falava-lhes do empenho que colocava no trabalho e que, dizia, nem sempre era bem aceite pelos músicos mais velhos, acomodados à modorra das suas vidas artísticas demasiado instaladas. «Perderam a energia, é o que é, já não aceitam um espírito inovador.»

O estrépito fogoso e brilhante da trompete anunciou-se a solo como uma tropa de assalto e, com a força poderosa de uma nota só, puxada até ao limite de um sopro, alertou a sala de que algo se ia passar nos minutos seguintes. Alex Cristobal desceu do banco alto onde estava sentado e foi a tocar até à boca de cena. As pessoas pararam de dançar e ficaram ali especadas na pista a escutar a música que ele tinha para lhes oferecer.

Alex sentiu-se bem. Cristobal, o grande Cristobal, animal de palco, iluminado por todos os projectores, arrasava a audiência com sons de pasmar e em breve o *El Bodeguero* em peso aplaudia emocionado aquele solo impressionante, aquele improviso extraordinário. Entretanto, os restantes músicos mantinham um discreto compasso de acompanhamento de fundo e trocavam olhares esclarecedores, como quem dizia, *lá está ele a dar nas vistas*.

Para Alex conseguir a euforia colectiva num ambiente assim, já bem aquecido por muitas danças e muito rum, não precisava de arrancar notas perfeitas à sua trompete; bastava-lhe ser habilidoso e saber alguns truques para tocar ao coração das pessoas. Um público bem bebido não era uma audiência muito exigente e ele sabia isso. Alex Cristobal não seria um génio, mas quando se punha a tocar dir-se-ia que só lhe faltava fazer a trompete falar.

O que lhe faltava em virtuosismo sobrava-lhe em presunção. Alex Cristobal tinha tanto a ideia de que era um músico extraordinário que, ocasionalmente, conseguia mesmo sê-lo. Mas na maior parte das vezes era a sua capacidade para manipular o público que falava mais alto. Em todo o caso, raramente encerrava um desempenho sem deixar o palco debaixo de uma chuva de palmas.

No intervalo da actuação desceu à sala e foi direito à mesa que o atraía desde o início da noite. Fez um sinal altivo e algo teatral a um empregado que passava de bandeja cheia e interceptou-lhe as *cubas libres* que iam a caminho de outra mesa.

— Será que posso oferecer uma bebida às senhoras que me inspiraram esta noite?

As duas mulheres pararam de conversar e rodaram a cabeça, surpreendidas. Registaram a figura imponente de Alex Cristobal, com as mãos nas ancas e as pernas afastadas, em pose de super-herói. Usava calças brancas justas e camisa branca com folhos a lembrar um espadachim de filme. Os pêlos negros e encaracolados do peito saltavam da camisa desabotoada quase até ao umbigo. As mulheres olharam-no de alto a baixo, voltaram-se uma para a outra e não conseguiram conter o riso.

Mas Alex Cristobal não era homem para se ficar com uma contrariedade imprevista: agarrou nas bebidas e serviu-as ele mesmo, sentando-se em seguida à espera que as duas amigas acabassem de rir.

— Então — ofereceu-lhes um sorriso encantador, como se nada fosse —, como é que vocês se chamam?

— Alicia — disse uma delas.

— Luz María — disse a que lhe interessava.

4

Estava-se em 1996 e os cubanos exilados vinham de Miami sobrevoar Havana a baixa altitude com os seus aviõezinhos de recreio para lançarem, mesmo nas barbas de Fidel Castro, panfletos subversivos que convidavam o povo a revoltar-se contra o regime. A 15 de Janeiro o governo avisou Washington de que não ia tolerar mais a violação do seu espaço aéreo. No dia seguinte um locutor da rádio Martí lançou da América o desafio para que a Força Aérea abatesse os pilotos clandestinos. O locutor riu-se da incapacidade de Havana para impedir os raides aéreos. Mas a 24 de Fevereiro os *Migs* cubanos deitaram abaixo duas avionetas que sobrevoavam águas internacionais e mataram os seus quatro ocupantes.

Em Março o presidente dos Estados Unidos pegou na sua caneta e assinou um decreto que aplicava sanções aos investidores estrangeiros que pretendiam fazer negócios com os Estados Unidos e Cuba ao mesmo tempo. Bill Clinton continuava a apertar a corda à volta do pescoço do regime castrista. Em contrapartida, a propaganda cubana tirava partido do crescente sentimento interno anti--americano.

A situação política estava efervescente e Luz María vivia empolgada o desenrolar de todos estes acontecimentos. O que mais lhe doía era que, desse lá por onde desse, no *Granma* só se escrevia a versão oficial dos factos, tudo o mais ou era *mau* jornalismo ou uma tendência perniciosa para a traição. O regime partia do princípio de que em Cuba toda a gente remava para o mesmo lado, e os que não remavam atiravam-se ao mar e rumavam a Miami em frágeis balsas, improvisadas com câmaras de pneus de avião presas com cordas e tábuas. Esses, se tinham sorte, eram pescados por algum navio ao largo, se não tinham iam com as correntes do Golfo até onde o mar os levasse.

Quando da crise dos aviões, Luz María atreveu-se a escrever que os pilotos do exílio lá teriam as suas razões para arriscarem a vida a atirar panfletos subversivos sobre a baixa de Havana. Esta ideia, que por si só já tinha um leve cheirinho a contemporização com o *inimigo*, irritou o editor, que veio desembestado do seu gabinete farejando a perfídia.

— O que vem a ser isto?! — inquiriu-a, atirando com o artigo para cima da mesa de trabalho dela.

Luz María fez-se de desentendida.

— Isto, o quê?

— Isto que aqui está escrito!

— É a minha notícia sobre as avionetas dos exilados.

— Não, Luz María — inclinou-se sobre a secretária, remexendo os papéis com as mãos a tremerem de nervos —, isto que está sublinhado, aqui! — Espetou o dedo indicador em cima do motivo da sua exaltação.

Até sublinhaste a vermelho o parágrafo, grande cabrão, pensou ela.

— Então — encolheu ela os ombros —, eu só digo que eles não se arriscariam a sobrevoar Havana se não tivessem um bom motivo.

— Qual motivo? — atirou-lhe o anzol. — Queres dizer-me?

— Isso não sei — disse Luz María, sem morder o isco.

— Falaste com eles?

— Não. Aliás, isso seria um bocadinho difícil porque eles morreram todos, não é?

— Não te armes em engraçadinha, minha menina. — Luz María engoliu em seco. Estava a pisar o risco. — Se não falaste com eles, como é que sabes quais eram as suas intenções?

— Não sei... — murmurou.

— Jornalismo são factos! Estes tipos violaram o espaço aéreo cubano, é um facto; violaram as leis cubanas e criaram um incidente internacional, é um facto; incitaram à revolta e ao caos, é outro facto. Factos, Luz María, factos, factos, factos!

— Sim, chefe — disse obedientemente. — Já percebi. Vou corrigir o texto.

— Há vinte anos que sou jornalista — exclamou, corado de indignação — e não me lembro de alguma vez ter lido neste jornal uma notícia tão pouco objectiva como esta. — *Caramba*, espantou-se ela em silêncio, *que é mais castrista que o Castro!* — Trata de escrever uma notícia. Se eu quiser um artigo de opinião, digo-te. E com certeza que não será tão cedo. Para já, limita-te a escrever notícias em condições.

Dessa vez Luz María safou-se com o sermão sobre *bom* jornalismo, mas interpretou o percalço como um sério aviso. No futuro, teria de ser mais cuidadosa. Normalmente, os jornalistas do *Granma* não eram coagidos directamente a escreverem peças a favor do regime, mas se havia aqueles que o faziam de bom grado, outros havia que mesmo não querendo misturar notícias com propaganda continham--se para não arranjarem problemas. A imparcialidade tinha os seus limites e a autocensura funcionava perfeitamente. E, em última instância, havia sempre a mão de ferro dos editores para meter na ordem algum jornalista com um rebate de consciência.

Terminou o artigo modelado ao gosto do editor e saiu para a rua. Precisava de apanhar ar, fugir dali para não explodir. Já lá fora, Luz María sentiu-se mal, como se fosse desmaiar, e correu a sentar--se no degrau de uma escadaria. Era o efeito do medo depois da adrenalina se ter desvanecido, a juntar à náusea que lhe provocava ser obrigada a esconder dos leitores a verdade que mereciam e que tinha a obrigação de lhes transmitir. Sentiu-se uma impostora, odiou-se por contemporizar com a desonestidade, por se achar demasiado cobarde para atirar com as regras do código da ética profissional à cara do *merdoso* do seu chefe.

Arranjou uma desculpa para sair mais cedo. Precisava de ficar sozinha. Quis sair do ambiente de Havana, que neste dia lhe parecia insuportavelmente claustrofóbico. A sede do *Granma* ficava na *Plaza de la Revolución*. Para onde quer que se virasse, Luz María tinha a sensação de ser perseguida pela *Revolución*, que marcava presença em todo o lado. Ali mesmo à frente dela um Che Guevara gigante pintado numa parede a toda a altura de um prédio vigiava-

-a com os seus olhos de guerrilheiro romântico. Se caminhasse pelas ruas da capital, tropeçaria em cada esquina com cartazes e pinturas murais a enaltecerem o regime com frases definitivas como «Socialismo o muerte». Em Cuba os *outdoors* só faziam publicidade ao governo. Se se refugiasse no ambiente fresco do bar de um hotel teria de escutar o inevitável *Mariachi* de serviço, tocando viola para os turistas, com a saudosa música típica sobre Che Guevara na ponta dos dedos.

Foi de autocarro até à praia onde surpreendeu uma festa organizada por um dos hotéis dos arredores da capital que davam para um areal espampanante.

Descalçou-se e caminhou com as sandálias na mão sobre a areia suave, fina e branca. Durante o dia, o sol era tão forte que a areia queimava os pés e obrigava a correr para o alívio de uma palmeira protectora ou para a água tépida onde se podia ficar de molho durante horas. Mas agora a tarde não passava de uma sombra e a temperatura do ar, ainda que dentro dos valores tropicais, convidava a um passeio à beira-mar.

Aproximou-se das pessoas que dançavam ao som da música tocada ao vivo por um grupo local, mas teve o cuidado de não se misturar com os estrangeiros, pois, tal como qualquer cidadão avisado, estava treinada para detectar os omnipresentes polícias, agentes da Segurança do Estado que andavam por ali à paisana. Os contactos com os estrangeiros não eram proibidos mas podiam dar azo a desconfianças e mal-entendidos.

Sentou-se a uma distância prudente, escutando o *guaguanco* maravilhosamente tocado por músicos generosos que ofereciam o seu talento a troco de quase nada.

Luz María nunca deixava de se espantar com a incongruência do sistema. Os turistas passeavam-se por Cuba com a naturalidade de homens e mulheres livres, gozavam a beleza estonteante da ilha, mergulhavam nas águas transparentes de praias que não traíam as fotografias dos prospectos das agências de viagens e, se ainda assim lhes faltasse algum artigo mais mundano, tinham à sua disposição lojas exclusivas que o cubano comum não estava autorizado a frequentar. O governo cobiçava os dólares dos turistas, justificando-se com a lógica desconcertante de que eram valiosos para a construção do socialismo, de modo que para eles havia um sistema capitalista a funcionar em pleno. Luz María observou os estrangeiros felizes que dançavam inebriados ao luar daquela praia paradisíaca e perguntou-se se eles dariam valor à liberdade que tinham. *Provavelmente*, imaginou, *é-lhes tão natural que nem pensam nisso*. Sonhou com o dia em que pudesse sentir-se tão despreocupadamente feliz como aquela gente.

Depois do percalço da reportagem dos cubanos exilados, o editor de Luz María remeteu-a para trabalhos de menor responsabilidade, mais *inocentes*, em que não houvesse o perigo dela provocar alguma trapalhada que pudesse custar o emprego ao seu chefe. Luz María percebeu que o caso só não havia sido mais grave porque o editor confundira a sua atitude contestatária com ingenuidade de principiante. O homem pensou que ela escrevera o que escrevera simplesmente por ser inexperiente. Na realidade, não lhe passava pela cabeça que algum dos seus jornalistas se atrevesse a opinar contra o regime, por mais leve que a crítica pudesse ser. Não, isso estava fora de questão.

Foi assim que Luz María acabou sentada numa mesa do *El Bodeguero* a beber *cubas libres* e a ouvir, na companhia da sua boa amiga Alicia, Alex Cristobal tocar uma emocionante mistura de música latina e *jazz*. O chefe incumbira-a de fazer uma reportagem sobre a música que se escutava naqueles tempos na noite de Havana.

Alicia ofereceu-se para a acompanhar.

— Vai ser divertido fazer uma reportagem sobre música — disse —, para variar das secas políticas do costume. — Alicia trabalhava no *Granma* há quase tanto tempo como ela.

— Lá isso vai — suspirou Luz María —, especialmente para ti, que não tens de escrever uma linha.

— Vá lá, não sejas desmancha-prazeres.

— Alicia — abriu os olhos, irritada —, eu é que tenho de levar com estas reportagens idiotas.

Estavam na redacção a cochichar, debruçadas sobre as secretárias para ficarem cara com cara, como se fossem duas miúdas numa sala de aulas com medo de serem surpreendidas pelo professor.

44

— Pronto — disse Alicia, erguendo as mãos em sinal de rendição —, se preferes ir sozinha...

— Não, não — fez uma carinha infeliz. — Isso ainda seria pior.

— Ah — atirou-lhe um sorriso triunfal —, bem me parecia.

— Ah — imitou-a Luz María, retribuindo-lhe o sorriso com um esgar derrotado —, que engraçada.

Os cubanos eram um povo abençoado pela música, talvez devido à sua alegria natural, aparentemente capaz de resistir a todas as misérias humanas. Hospitaleiros, de uma afabilidade comovente, pareciam dotados de um optimismo desconcertante. A música fazia parte do quotidiano da ilha. O regime instituído em 1959 cedo tomou consciência desta realidade e não demorou a procurar formas de aproveitar a música como um meio vantajoso de espalhar a sua mensagem. Em 1965 Havana começou a enviar músicos em digressão pelo mundo. Embebidos no espírito da Revolução, os músicos iam por esses continentes fora, investidos em embaixadores culturais, cantar os novos valores políticos que Castro ambicionava exportar. Mais tarde, alguns deles, dentre os quais Arturo Sandoval era o mais famoso, ao verem-se fora da ilha, aproveitaram para pedir asilo político.

Sentada na sua mesa do *El Bodeguero,* Luz María calculou que Alex Cristobal não seria propriamente o género de artista preocupado com assuntos políticos. *Este aqui não vai desertar, a menos que Castro seja assaltado por uma nova fobia conspiratória e mande proibir os espelhos na ilha, com receio de que uma destas manhãs, ao ver o seu triste reflexo, o povo tome consciência da pobreza a que chegou e se revolte. Este aqui,* pensou Luz María, *não vive sem espelho.*

A princípio, não gostou dele nem um bocadinho. Alex Cristobal fez os possíveis para agradar, mas os seus modos calculados deram a Luz María a impressão de que nada naquele homem era genuíno. Pareceu-lhe um actor a representar. De facto, se se deitasse a adivinhar, Luz María arriscar-se-ia a dizer que Alex Cristobal se inspirava no actor latino António Banderas para criar a sua própria imagem de galã de cinema. Reparou como ele era alto, de braços fortes, e usava o cabelo comprido com uns caracóis displicentes a caírem-lhe sobre a testa. Ninguém lhe poderia negar a beleza, lá

45

isso não, concedeu Luz María, entretida a radiografá-lo de alto a baixo, e até conseguia ser encantador, mas tudo o que dizia parecia de plástico.

— Vocês não costumam cá vir — comentou Alex Cristobal, acrescentando um elogio vulgar — ou eu já teria dado por isso. — Luz María voltou-lhe as costas, virando-se para Alicia, e rolou os olhos a pensar *que falta de pachorra*.

— Não — respondeu Alicia, mais deslumbrada com o estilo macho latino do músico do que a amiga. — Somos jornalistas.

— Jornalistas! — exclamou Alex, impressionado. — E de onde?

— Do *Granma* — disse Alicia. Luz María bebia por uma palhinha, com os olhinhos a espreitarem por cima do copo, fazendo-se desinteressada.

— Ah, do *Granma*...

Luz María observou-o, inquisitória, tentando perceber se havia algum sentido crítico na sua reacção à palavra *Granma*. Não lhe detectou nem sombra de desilusão. Alex sentara-se ao lado de Luz María que, por sua vez, estava sentada ao lado de Alicia. Alex bem queria atrair a atenção de Luz María, mas esta parecia mais interessada nas paredes descoloridas da sala, enquanto Alicia era toda ouvidos para ele. De modo que Alex se viu obrigado a manter a conversa com Alicia, falando os dois com uma Luz María ostensivamente alheada por entremeio.

— Viemos por causa de uma reportagem que a Luz está a fazer — explicou Alicia, sendo logo fuzilada por uns olhos muito abertos da amiga.

— Ah, sim?! — reagiu Alex, com as antenas no ar.

— Sim — confirmou Alicia, continuando a fornecer-lhe *munições* para a conversa, indiferente à censura muda de Luz María. — Olha! — disse, virando-se para a amiga com cara de quem tem uma ideia. — Talvez até pudesses entrevistá-lo.

— Isso — resmungou ela, mal contendo a irritação — sou eu quem tem de decidir, não achas?

— Foi só uma ideia — fez-se de inocente e sorriu-lhe, toda contente por estar a entalá-la.

— Eu estou disponível para o que você quiser — ofereceu-se logo Alex, deixando no ar o sentido dúbio da disponibilidade.

— Depois se vê — respondeu Luz María. E levantou-se para acabar com a conversa. — Vou à casa de banho — anunciou, antes de o brindar com um sorriso propositadamente forçado e antipático. Depois foi à procura da casa de banho.

Alex olhou para Alicia com uma expressão intrigada e levantou as mãos com as palmas para cima. *O que é que ela tem?* queria dizer. Alicia comprimiu os lábios e varreu o ar com a mão direita, como quem diz *não ligues, ela é mesmo assim.*

Mas o que Alicia não podia saber era que a irritação de Luz María tinha mais a ver com o receio de se comprometer do que com a manobra dela para a embaraçar.

5

Passara um ano sobre a conversa de Luz María com o pai sobre o seu projecto de sair de Cuba. Há praticamente um ano que ela trabalhava no jornal. Durante todo esse tempo não pensara noutra coisa senão concretizar a fuga. O desejo era tal que se via a sorrir sozinha quando imaginava planos e mais planos para uma vida em Miami. Já sabia exactamente o que ia fazer. Solicitaria asilo político ao governo americano e, numa primeira fase, iria pedir guarida a um dos famosos irmãos da mãe, tios e tias que para Luz María não passavam de fantasmas simpáticos, uma vez que não chegara a conhecê-los graças à Revolução e ao embargo, que ainda hoje, trinta e sete anos depois da queda do inefável Batista, continuavam a dividir milhares de famílias cubanas.

Voltou da casa de banho, sentou-se no seu lugar e pôs-se a vasculhar a carteira sem dizer palavra. Tirou um cigarro e um isqueiro, mas Alex, sempre atento, antecipou-se e estendeu-lhe uma chama saída do punho fechado a envolver o isqueiro. Luz María reparou como era enorme a mão dele. Agradeceu-lhe com um sorriso e Alex sentiu que ela regressara mais amaciada.

— Então, Luz — atirou-lhe —, o que é que queres saber sobre a vida nocturna cubana?

— Não é sobre a vida nocturna — corrigiu, sem deixar de notar que ele a tratara por tu e a interpelara num tom brincalhão. — É sobre a música cubana.

— Então, ainda melhor — disse, esfregando as mãos de um modo cómico que a divertiu. — Vieste bater à porta certa.

Luz María achou-lhe graça e, ainda que involuntariamente, não conseguiu conter um sorriso.

— Ah! — aproveitou Alex, apontando para ela. — Assim está melhor.

E com isto Luz María, desarmada, teve de se render ao encanto de Alex Cristobal. Conversaram o resto da noite e, surpreendentemente, ele revelou-se muito mais culto do que ela suspeitara. Era verdade que estava à vontade com o tema da conversa mas não se limitou a debitar algumas generalidades interessantes só para a impressionar. Não, foi muito mais longe do que isso: mostrou que era uma verdadeira enciclopédia ambulante sobre a música cubana que se fazia actualmente, os estilos, as suas origens e influências, os nomes dos músicos e dos compositores mais importantes, as consequências do isolamento cubano e das mudanças socioculturais na ilha por causa da Revolução. E, ainda por cima, teve a virtude de falar de tudo isto sem a aborrecer nem um bocadinho.

Luz María pegou num bloco e numa caneta e só parou de escrever momentaneamente quando Alex interrompeu a dissertação dizendo-lhe: «Espera aqui, que eu já venho.» Em seguida subiu ao palco e, logo aos primeiros acordes, a sala em peso percebeu que aquela música romântica até podia apaixonar o *El Bodeguero* inteiro, mas era para ela que ele tocava.

Por causa da reportagem, ou por uma daquelas razões do coração que condicionam a vontade, Luz María regressou ao *El Bodeguero* na terça-feira seguinte. Na sua cabeça estava claro que só o fazia porque ainda tinha algumas pontas soltas no artigo sobre a música cubana e Alex poderia tirar-lhe todas as dúvidas. Claro que Luz María não admitiria que o facto de ter andado o fim-de-semana a trautear a música que ele tocara para ela tinha alguma coisa a ver com a visita ao *El Bodeguero*.

Chegou só ao fim da tarde, como ele lhe recomendara. Entrou pela porta que conduzia aos bastidores e cruzou-se num corredor com os músicos que vira em palco na sexta-feira anterior. Estavam de saída. Perguntou por Alex ao que vinha à frente.

— Está na sala, a ensaiar canções de amor — respondeu-lhe o músico, com ar gozão, apontando para trás com o polegar, na direcção que ela deveria seguir.

— Obrigada — murmurou Luz María, sentindo-se corar, e continuou em frente, passando pelos outros com os olhos postos no chão, envergonhada com as gargalhadas deles.

Foi descobri-lo a tocar trompete, sentado num banco alto e solitário na pista de dança, à frente do palco, com os olhos fechados, concentrado no som suave de uma música com alma. Estava iluminado por um projector fraco apontado do tecto, que lhe conferia um aspecto intimista, sentado numa ilha de luz, rodeado pela escuridão imensa do resto da sala vazia.

Obviamente, Alex havia montado o cenário para a impressionar, mas Luz María não teve suficiente discernimento para se aperceber que caía numa armadilha de amor, porque sentiu uma enorme emoção ao ouvi-lo tocar e teve de respirar fundo e esperar que os batimentos do coração retornassem ao normal antes de avançar com segurança. A música atingiu-a com tamanha sinceridade que ela nem passou da ombreira da porta, onde ficou paralisada como uma adolescente intimidada, com os braços caídos e as mãos juntinhas a segurarem a carteira à frente da saia discreta que lhe tapava os joelhos a tremerem.

Alex pressentiu a presença de Luz María como um íman que o atraiu, levando-o a virar-se, apontando a trompete para onde ela estava. Os seus olhos abriram-se e localizaram-na à entrada. Ali, na escuridão, Luz María não era mais do que uma sombra, mas Alex não teve qualquer dúvida de que se tratava dela. Em vez de parar de tocar, voltou a fechar os olhos e continuou a música até ao fim.

Também ele sentiu um frenesim de expectativa e, apesar de não ser a primeira vez que recebia uma visita feminina naquele cenário premeditado, a verdade é que teve de fazer um esforço de concentração para não descarrilar na melodia. *Esta é especial*, pensou.

Quando o último sopro lhe morreu nos lábios e a trompete soltou uma derradeira nota como se fosse um suspiro de amor, Alex baixou o instrumento e voltou a olhar na direcção dela, sorrindo-lhe. Agradecida por ter tido tempo para recuperar o controlo sobre o seu próprio corpo, Luz María avançou lentamente, ainda cautelosa, para ter a certeza de que as pernas não lhe voltavam a falhar.

Alex viu-a surgir da penumbra. Trazia uma camisa branca e uma saia azul-marinho e, apesar do corpo de mulher, pareceu-lhe uma menina de escola fardada para as aulas.

Luz María reparou que ele estava diferente, mais despretensioso numa velha camisola da equipa de basebol local, os *Industriales*, e umas *jeans* gastas. Pensou que, provavelmente, a fatiota da outra noite vinha do guarda-roupa para os espectáculos, e sentiu uma pontinha de arrependimento por ter sido demasiado dura a julgá-lo.

— Olá, Luz María — disse, descendo do banco para a cumprimentar. — Ainda bem que pudeste vir.

— Tinha mais algumas perguntas para te fazer antes de entregar o artigo — justificou-se ela, ainda à defesa, sem admitir que estava encantada por voltar a vê-lo.

— Óptimo — disse. — Tudo o que precisares, é só dizeres.

— Hum... — atrapalhou-se —, é... são alguns nomes de que me falaste... não sei, quero dizer, não fixei tudo e depois reparei que não tinha escrito as referências todas e, bem, preciso de tirar algumas dúvidas.

— Tudo bem — disse ele, simplesmente, com uma expressão descontraída. Luz María sentiu-se estúpida, a meter as mãos pelos pés, porque achou de repente que ele ia pensar que estava a mentir e que era tudo uma desculpa para o ver. *Merda!* afligiu-se, *estou outra vez a corar.*

— Estás com fome? — perguntou Alex, sem dar qualquer sinal de que estivesse a par das inquietações dela.

— Como?

— Fome, eu ainda não comi nada hoje. Vim directo para o ensaio e não almocei. Não te importas se formos a qualquer lado enquanto falamos?

— Não, não — abanou a cabeça muito séria, sem conseguir pensar numa desculpa para declinar a sugestão. — Claro, vamos.

— Então, vamos.

Quando Alex sugeriu que fossem comer a qualquer lado não estava realmente a pensar em levá-la a um lado qualquer, mas sim a um lugar especial. Alex não tinha carro, claro, ou melhor, carro até tinha, uma daquelas relíquias americanas de antes da revolução que ele, tal como todos os cubanos, mantinha impecavelmente afinado para umas passeatas de fim-de-semana. Em Cuba, praticamente não havia automóveis modernos. As ruas de Havana pareciam um museu do automóvel ao ar livre. De qualquer modo, Alex não podia dar-se ao luxo de se deslocar de automóvel porque não havia gasolina, e mesmo que houvesse ele não teria dinheiro para a pagar.

Mas o *El Bodeguero* ficava em *la Habana Vieja*, ali a dois passos da avenida *del Puerto*, e do outro lado, atravessando o canal, erguia-se a monumental fortaleza de *la Cabaña*. Abaixo da fortaleza havia uma extensa relva cuidada e um restaurante com uma varanda aberta para uma vista fabulosa sobre Havana. Era uma vista mágica, especialmente para os mais velhos, ainda com a memória viva de outrora, porque fazia a capital parecer a mesma de há trinta e sete anos, quando havia vidros para substituir os das janelas que se partiam e não faltava tinta, cimento e outros materiais de restauro para manter os edifícios a salvo das intempéries e de todo o tipo de degradação natural.

O restaurante era em estilo tropical e podia comer-se uma excelente lagosta acompanhada de violinistas que vinham à mesa oferecer os seus préstimos sem cobrar mais por isso e faziam da música ao almoço o mesmo que os poetas faziam com as cartas de amor.

Uma lagosta naquela varanda de sonho custava uma pechincha aos estrangeiros e uma fortuna aos cubanos. Apesar do horror oficial ao capitalismo americano, um dólar valia o que valia e um peso cubano não valia nada. Consciente desta realidade iniludível, Luz María vacilou assim que pôs um pé na tijoleira brilhante da varanda e viu o gerente do restaurante aproximar-se.

— Alex — chamou-o entredentes.

— Sim?

— Isto é caríssimo!

— Não te preocupes com isso — disse ele, descontraído, com um gesto soberano, como se quisesse varrer com a mão a preocupação dela.

— Não me *preocupooo?!!* — protestou Luz María, arrastando a voz aflita num grito surdo que morreu de vergonha perante a presença do gerente.

— Uma mesa, senhores?

— Para dois — confirmou ele, com uma certeza aristocrática que tornou a promessa do almoço um facto consumado.

— Queira escolher, cavalheiro — disse o gerente, oferecendo-lhe a possibilidade de optar pela mesa que lhe agradasse, já que não havia mais nenhum cliente de momento.

— Estás louco! — admoestou-o ainda Luz María, com os olhos muito abertos e um sorriso nervoso por causa da excitação que lhe provocava a extravagância que estavam prestes a cometer. Mas só o fez depois de se sentarem e o homem se afastar para organizar com rigor as entradas que alguém havia de lhes trazer a peso de ouro.

— Isto vai custar uma fortuna!

— Luz, vais passar o almoço a pensar no dinheiro, ou aproveitar o momento?

— Tens razão — resignou-se. — Não digo mais nada. — E cruzou os dedos indicadores e beijou-os simbolicamente para selar a promessa.

Depois daquilo, Alex teve de ir pedir dinheiro emprestado aos amigos para conseguir acabar o mês. Contudo, não se arrependeu nem um bocadinho. Luz María valia isso e muito mais. Essa foi uma certeza que ele foi cimentando nas horas que passaram juntos à mesa naquela varanda, sem darem pelo tempo passar, conversando com uma ânsia de se conhecerem melhor e com uma tal concentração nos olhos um do outro que nem se aperceberam da presença de uns quantos violinos tocando em redor da mesa como anjos enviados só para eles, nem deram pela noite descer e as luzes acenderem-se enquanto tomavam o café e bebiam as palavras de cada um.

A Alex Cristobal, que se tinha na conta de artista famoso, não havia ambiente em Cuba capaz de o embaraçar, mas nunca imaginara que Luz María também não se sentisse minimamente atrapalhada com o luxo informal do restaurante. O seu plano de levá-la ali para a deixar impressionada e vulnerável falhou. Alex não sabia que ela herdara da mãe uma educação à altura daquele restaurante e muito mais. Mariela, a mãe, perdera o contacto com a família e tivera de se sujeitar a uma vida humilde, quando nascera para uma vida de mordomias. Mas essa contrariedade não a impediu de educar a filha com o mesmo esmero que a sua mãe a educara a ela. Luz María não chegara a conhecer o casarão de *la Habana Vieja* nem estudara em escolas particulares. Toda a sua infância tinha sido uma fotocópia de milhões de infâncias cubanas sujeitas às regras rígidas do sistema, e no entanto desde menina que comia com talheres de inox com o requinte dos talheres de prata. De modo que Luz María estava à vontade em qualquer lugar pela simples razão de que sabia *estar*.

Agora, com vinte e quatro anos, Luz María era uma mulher adulta, formada nas escolas do socialismo e uma consciência crítica apurada em casa. Os chefes e os colegas de trabalho não lhe conheciam as origens e Luz María jamais se trairia com pretensiosismos de classes.

Alex perdeu-se de ternura e, ao contrário do que era costume, ouviu mais do que falou. Teve até de se concentrar para não embasbacar por causa da beleza serena dela que o impressionou ao ponto de acreditar que descobrira a mulher mais bonita de Cuba. Claro que Alex foi induzido no exagero por um excesso do coração. Luz María não só não era a mulher mais bonita de Cuba como nem sequer se podia considerar uma beleza espampanante. Curiosamente, à primeira vista ninguém diria que estivesse ali uma alma descontraída e segura de si, capaz de falar pelos cotovelos e de fazer frente a qualquer afronta. Luz María aparentava mais o género de mulher pacífica. Tinha feições suaves e um cabelo preto, volumoso, cortado um pouco abaixo dos ombros. Os olhos eram castanhos e discretos. De facto, Luz María era o que se podia considerar uma falsa tímida, contrastando num rosto de menina que escondia uma maturidade bastante mais desenvolvida do que parecia.

No final desse almoço que acabou de noite, Luz María e Alex Cristobal despediram-se com um aperto de mão demorado junto à paragem do autocarro. Luz María calculou acertadamente que não deveriam faltar presas fáceis às garras de Alex Cristobal, encantador de almas femininas, cujos recursos mágicos ela, de resto, já provara nessa mesma tarde ao escutar aquela música tocante que a emocionara ao ponto de não conseguir mexer as pernas. Ao chegarem à paragem, Luz María disse de si para si que, nem que fosse por uma questão de orgulho, não se deixaria levar facilmente pelo charme tentador de Alex. Por isso estendeu-lhe a mão com um sorriso natural quando ele já pensava que, depois daquela noite perfeita, no mínimo, poderia contar com um beijo e, depois, quem sabia...

Surpreendido, Alex agarrou-se à mão dela como um náufrago agarrado à tábua de salvação e disse-lhe tantas palavras bonitas que ela acabou por aceitar o seu convite para voltar ao *El Bodeguero*.

— Um dia destes — cedeu Luz María, com esta vaga promessa dita sem convicção. *Só para te calares*, pensou a sorrir.

— Um dia destes?! — exclamou Alex, abrindo muito os olhos num escândalo cómico, sem lhe largar a mão quente e suave que o extasiava como um cãozinho brincalhão a querer cativar a dona.

— Sim — disse —, um dia destes. — Apontou para a rua com a mão livre, espetando um dedo sobranceiro. — Vem ali o meu autocarro.

— Um dia destes é muito vago — implorou Alex. — Não pode ser amanhã?

O autocarro parou, as portas abriram-se e Luz María subiu o degrau. Ficaram assim de mãos dadas neste impasse, ele na rua e ela à porta do autocarro.

— Hum — hesitou Luz María —, não sei se posso.

— Vai andar! — avisou o motorista.

— Um momento, por favor, um momento! — gritou Alex. — Luz, amanhã, okay? Pode ser?

— Menina — rosnou o motorista —, diga lá que sim ou não saímos daqui hoje.

— Está bem — suspirou —, vou ver se consigo.

Alex fechou os olhos por um segundo, como se tivesse acabado de ser bafejado por uma promessa divina. Luz María subiu mais um degrau e as mãos deles deslizaram lentamente uma sobre a outra até se separarem.

— Adeus — disse ela, mas agora num tom bem mais encorajador.

— Adeus — respondeu Alex, deixando claro na sua expressão embevecida que não queria que ela partisse.

O autocarro arrancou. Luz María atirou-lhe um último adeus, divertida, e Alex ficou ali no passeio a vê-la caminhar pelo corredor, no sentido contrário ao do autocarro, a acenar-lhe sorridente e a sentar-se de costas para ele. Depois, quando o autocarro já só era um ponto ao longe na rua, Alex ergueu as mãos para o céu, olhou para cima e começou a uivar de prazer. Então, apercebendo-se da figura que estava a fazer, virou-se envergonhado para os lados à procura de testemunhas, mas estava tão feliz que não quis saber. Deu um murro no ar seguido de uma pirueta elegante e disse em voz alta «*yes!*» Depois foi procurar um lugar onde pudesse beber qualquer coisa, pois sentia-se demasiado excitado para ir directamente para a cama.

Luz María nem sequer se deu conta de que levou até casa um sorriso nos lábios. Ia a pensar em Alex. A noite tinha sido maravilhosa e ele fora tão divertido... Mas sentiu-se orgulhosa por ter conseguido resistir ao beijo final. Levou a mão à cara e conseguiu sentir o perfume dele. Fez uma careta engraçada. Haveria de lhe dizer que aquele perfume era forte de mais e não o favorecia. *Que estupidez, Luz, o que é que te interessa o perfume dele?!*

Iria continuar a negar o seu interesse por Alex e iria continuar a escorregar lentamente para um envolvimento que a afligiria. Luz María não quisera interessar-se por ninguém desde que decidira partir de Cuba. Tinha plena consciência de que essa seria a maneira mais fácil de ficar presa à ilha para sempre. Mas começava a aprender que os sentimentos não se planeavam, aconteciam. Um almoço tardio, uma conversa agradável, duas mãos apertadas que não se queriam libertar uma da outra. Tudo armadilhas doces de que Luz María não soubera precaver-se e agora estava metida em apuros.

Quebrou a promessa. Não apareceu no *El Bodeguero*. Passou um, dois, três dias... Luz María regressou ao trabalho e embrenhou-se na rotina diária com um empenhamento que encantou o seu chefe, sempre pronto a sobrecarregar de tarefas os jornalistas mais disponíveis. Mas Alicia sabia que Luz María não era mulher de dar *graxa* aos chefes e torceu o nariz.

— Luz — inquiriu-a.

— Hum?

— Andas muito trabalhadora.

— É — disse, com uma pontada de cinismo —, cada vez gosto mais disto.

— Se não gostas, parece — continuou Alicia a provocá-la.

Então Luz María levantou os olhos da secretária e enfrentou a amiga com a coragem que lhe era peculiar.

— O que é que queres dizer com isso?

— Nada, nada — disse Alicia, torcendo-se na secretária com um interesse súbito no tecto.

— Nada?

— Nada.

— Está bem — disse. — Então, se não é nada, deixa-me acabar de escrever esta porcaria ou não consigo entregar o artigo a tempo. — Encolheu os ombros e voltou a concentrar-se no teclado do computador. Os seu dedos descarregaram mais uma frase.

— Tens falado com o Alex? — deixou cair Alicia.

Luz María parou de escrever, fechou os olhos, voltou a abri-los, recostou-se na cadeira, cruzou os braços e disparou.

— E a que propósito é que vem isso agora?

— Não sei — disse Alicia, fazendo-se inocente. — Lembrei-me.

— Ah, lembraste-te. E eu sou tão estúpida que não percebo por que é que te lembraste. Alicia, eu já te disse que não estou interessada nele. Olha, se estás tão interessada, por que é que não lhe telefonas tu?

— Pronto, já percebi — ofendeu-se. — Não se fala mais nisso.

Luz María fechou os olhos para se acalmar, apercebendo-se de que exagerara. Respirou fundo e mudou de registo: — Desculpa, Aliciazinha — apaziguou-a com voz melosa. — Mas é que eu não quero mesmo falar no Alex.

— Porquê? — aproveitou Alicia, tentando voltar ao assunto, como se não tivesse acabado de saber da indisponibilidade da amiga.

— Porque não — disse entredentes, forçando a voz em tom de brincadeira para não voltar a ofender a amiga. — E agora deixa-me acabar o que estou a fazer.

6

Ainda que, em boa verdade, raramente lhe tivesse acontecido, não seria a primeira vez que Alex Cristobal se via preterido por uma promessa de amor que não chegava a concretizar-se. Chamava a isso «morrer na praia.» Nada que o apoquentasse, pois tinha uma auto-estima de ferro, graças a Deus, e o máximo que fazia nesses casos era encolher os ombros e pensar com o seus botões, *ela é que fica a perder.* Alex não tencionava casar-se, pelo menos nos tempos mais próximos, e sentia-se tão bem consigo próprio que, normalmente, nem sequer pensava em prender-se a uma mulher durante mais do que um tempo limitado. Costumava dizer que «mais de quatro semanas com a mesma mulher já começa a complicar-me com os nervos».

O caso de Luz María, porém, era diferente, na medida em que o despeito dela o trazia distante, numa permanente melancolia que até ele estranhava. Nunca lhe acontecera uma tristeza assim, andava distraído da vida e até perdera o apetite! Nas noites em que actuava no *El Bodeguero* perdia-se no palco a tocar improvisos extraordinariamente belos e, se não fosse a intervenção oportuna dos outros músicos, habituados a estas oscilações de humores de Alex e que lhe abafavam a trompete triste, de certeza que a sala acabaria por se lavar em lágrimas.

Alex percebia então que nem podia desabafar na música a sua paixão frustrada e descia do palco para ir à procura de uma garrafa de rum. Atravessava a sala metido consigo e ignorava surpreendentemente os olhares lascivos das mulheres que o cobiçavam pela raça de homem gingão e pela fama. Perscrutavam-no de alto a baixo, sem lhes escapar o pormenor das calças apertadas de macho bem fornecido. Alex Cristobal era bonito e popular. As mulheres gostavam dele. Normalmente, dava-lhes atenção. Mas agora andava desalentado ao ponto de nem se valer dos amores fáceis e descomprometidos. Passeava-se indiferente pelo *El Bodeguero*, e Deus sabia como aquela era uma casa de pândega desbragada.

Uma morena de olhos quentes aproximou-se da mesa solitária onde Alex Cristobal *derretia* uma garrafa de rum. Enfiada num vestido exíguo, no alto de umas sandálias de saltos impossíveis, finos como agulhas, apoiou as mãos nas costas da cadeira livre e debruçou o decote prestes a rebentar por cima dos olhos baços de Alex.

— *!Hola! cariño* — disse, com o peitinho do pé direito a esfregar languidamente a barriga da perna esquerda.

— Hoje não, *mi amor* — cortou Alex. — Não me sinto inspirado para tanta beleza.

Mas depois, vendo a mulher afastar-se bamboleando umas coxas largas e firmes, pôs-se a pensar que devia estar doido e, num rebate de consciência, ergueu-se da cadeira com um ímpeto tal que se estatelou no chão sem dignidade nenhuma. Levantou-se outra vez, mas com mais cautela, abanou a cabeça desconcertado consigo mesmo, sacudiu o pó das calças como se sacudisse a humilhação, endireitou a coluna e foi atrás dela só para provar que ainda era homem.

Levou-a para casa. Resumia-se a uma salinha deserta que conduzia ao quarto de dormir. Ali, havia uma cama de madeira que ocupava o compartimento quase todo e, se ela tivesse acendido a luz, teria visto que as paredes não tinham cor. Cheirava a mofo porque a janela do quarto não era aberta há muito e a humidade ensopava as paredes. Mas Alex não lhe deu tempo para apreciar a casa.

Empurrou-a de costas para cima dos lençóis sujos.

— Ai, que bruto! — reagiu ela com um sorriso expectante.

Alex não disse nada. Libertou com um puxão selvagem os pêlos do peito, fazendo estalar os botões de mola da sua camisa branca de artista. Atirou-a para o chão. Desembaraçou-se com graça ébria das calças e tirou o resto encostado à parede para não correr o risco de ir atrás das calças. Então ela observou espantada aquele membro invulgar e exclamou desiludida:

— Oh! Tão grande e tão murchinho.

Foi aí que Alex tomou consciência do desastre. Olhou para baixo e constatou que, de facto, ela tinha razão. Era o rum a fazer das suas. E o pior é que, depois do comentário dela, Alex teve a certeza de que já não haveria nada que fizesse despertar o seu amigo do coma alcoólico, a não ser, talvez, se tomasse medidas drásticas.

— Espera-me aqui — disse-lhe, sério, sem desarmar a expressão dura de homem pronto para tudo —, que eu vou tomar um duche rápido e quando voltar vou foder-te até de manhã.

E lá foi Alex, a disfarçar a vergonha, enfiar a cabeça debaixo de água fria e o resto em água tépida para ver se arrebitava o animal de sangue quente. Arrebitou. E, apesar do susto, cumpriu a promessa. Foi encontrá-la enrolada nos lençóis encardidos quase a dormir. Enfiou as duas mãos por baixo do vestido e arrancou-lhe umas cuequinhas pequeninas que pareciam de boneca.

— Aqui tens o meu canhão, pronto a disparar — disse, com a confiança restaurada.

— Ah — disse ela a suspirar de prazer —, assim, sim.

Alex pôs-se em cima dela com tanta pressa de vingar o orgulho ferido que nem lhe deu tempo para se despir. Viram-se obrigados a contorcer-se em malabarismos de circo até ela ficar só de sandálias, mas como já iam demasiado avançados para se preocuparem com esse pormenor e como ela gostou dele e o quis marcar para que não se esquecesse tão cedo, abraçou-o quase até o sufocar, envolvendo-o com as pernas fortes e compridas e cravou-lhe os saltos de agulha nas costas enquanto gritava como uma doida por mais.

Acordou já passava do meio-dia, com a boca seca, a saber a papel de música, como costumava dizer o seu pai há anos. Só que o pai era assim todas as manhãs e ainda hoje só não bebia uma garrafa de rum por noite se não tivesse dinheiro para a comprar. O pai de Alex estava no desemprego, embora isso não existisse oficialmente em Cuba porque o governo achava que não era bom para a imagem do regime. Na sua juventude, o pai tornara-se um extraordinário *croupier* e aos vinte e cinco anos já dava cartas na profissão, chegando a ser cobiçado por vários casinos. Mas a Revolução fechara os casinos e o pai de Alex vira-se *reciclado* a servir à mesa na cafetaria de um hotel. O ressentimento demasiado entranhado fizera dele um homem amargo e irascível e acabara por lhe custar o emprego. A Revolução precisava de todos, dizia-se, desde que não arranjassem problemas. Passara a viver de biscates e do que ganhava ao póquer jogado em mesas privadas, mas com o tempo tornou-se demasiado conhecido e, como todos sabiam que era impossível ganhar-lhe, deixou de ter parceiros para depenar.

Alex saíra de casa aos dezasseis anos em busca de aventura e por necessidade de deixar aquele ambiente impregnado de rancor e derrotismo. Tinha pena da mãe que, como amava o marido, se recusara a abandoná-lo e assim se condenara a ir com ele até ao fundo por paixão. Alex visitava-os uma ou duas vezes por ano, não mais, e vinha de lá invariavelmente deprimido. Custava-lhe saber que os pais viviam com nada e mandava dinheiro regularmente à mãe, para os ajudar e, ao mesmo tempo, apaziguar a consciência. Alex gostaria de apoiar o pai, mas a verdade é que tinha saído de casa há demasiado tempo e o pai insistia em tratá-lo como se fosse pouco mais do que um estranho. Havia um fosso entre eles, que se aprofundara pela vergonha do pai, irremediavelmente derrotado, sabendo que um dia fora o herói daquele rapazinho brilhante com quem tinha longas conversas e a quem explicava todas as armadilhas da vida, em que ele próprio acabara por cair.

No dia seguinte, quando acordou, Alex descobriu que a sua companheira de noite partira sem deixar pistas. Alex saiu a custo da cama e arrastou-se até à cozinha. Bebeu água como se tivesse acabado de chegar do deserto. Estava desidratado e com uma enxaqueca tremenda. Tentou fumar mas o tabaco soube-lhe mal. Ficou uma hora debaixo do chuveiro. Foi escorregando lentamente com as costas coladas aos azulejos da parede até ficar sentado na banheira e dormitar com a água fria a bater-lhe na cabeça.

Despertou com náuseas e só não vomitou por não ter nada no estômago. Quando se sentiu com coragem para sair do duche, fechou a torneira, enrolou-se numa toalha e voltou para cama. *Só um bocadinho, para recuperar. Estou mesmo de rastos,* recriminou-se. E adormeceu profundamente até às seis da tarde.

À noite foi directo para o *El Bodeguero.* Tomou o seu lugar no palco e passou o serão sem fôlego, mais a fingir do que a tocar. Ainda por cima era sábado e a casa estava cheia. Alex contou as horas, ansioso por ir para casa.

A companheira da madrugada anterior não apareceu, ou se apareceu foi dar ao mesmo, já que Alex não se lembrava de nada e se a encontrasse seria como se a visse pela primeira vez. Não sabia dizer se era bonita ou feia, gorda ou magra. O mais espantoso é que tinham passado horas a fornicar e ele nem sequer se recordava da cara dela, quanto mais do nome. Não que fosse importante.

O domingo foi lento, com sonhos intermitentes em areias brancas, na praia, alheio àquele paraíso, na companhia de Renata, uma negra de pele clara, amiga de longa data e uma das poucas com quem Alex não acabara na cama, primeiro por ser casada com um amigo dele e depois por cautela. Até já tinham comentado o assunto.

— Por que é que nunca tentaste levar-me para a cama? — perguntara-lhe Renata, dois anos depois de se ter divorciado. Bem, tecnicamente não estava divorciada, uma vez que o marido só havia partido com uns companheiros numa balsa para Miami e *esquecera- -se* de a avisar e de a levar consigo.

— Porque não calhou — mentiu Alex, sabendo bem que só não se envolvera com ela para não estragar a amizade. Renata tinha aquela qualidade admirável de não perder a compostura por mais que a vida fosse a descer, e ele precisava dela. Era a sua única amiga verdadeira, a quem recorria nos momentos mais difíceis. Não se podia dar ao luxo de a perder. Renata não voltara a casar, embora fosse uma mulher de encher o olho, vistosa no seu uniforme da empresa de aluguer de automóveis onde trabalhava atrás do balcão de atendimento. Vivia feliz, apesar de tudo, e conseguia contagiá- -lo com a sua boa disposição perpétua.

Alex procurou-a pela companhia, não para se lamuriar com as suas frustrações amorosas. Aliás, mesmo quando massacrava os clientes do *El Bodeguero* com as músicas bonitas e nostálgicas capazes de os pôr a chorar e de lhes arruinar a felicidade do fim-de-semana, Alex nunca reconhecia, nem aos companheiros, que padecia de um mal de amor.

— O que é que são essas nódoas negras que tens nas costas? — perguntou Renata, reparando nas marcas deixadas pelos saltos finos das sandálias da companheira da outra noite.

— Nódoas negras? — admirou-se. — Não sei.

7

Na semana seguinte Alex montou uma emboscada a Luz María. Esperou-a à porta do jornal, armado com um ramo de flores. Finalmente decidira que era tempo de tirar a limpo se ela não gostava realmente dele ou se, simplesmente, estava à espera que fosse ele a tomar a iniciativa.

Viu-a surgir do interior do edifício e fazer uma divertida careta de culpada ao avistá-lo encostado a um formidável *Ford* vermelho da década de 50 com frisos cromados, a brilhar como novo. O carro não era dele, estava ali estacionado, tal como Alex, que se vira obrigado a um exercício de paciência pouco adequado ao seu feitio. Esperara por ela quase duas horas.

— O que é que fazes aqui, Alex?

— «Se Maomé não vai à montanha...» — abriu os braços, como se estivesse tudo explicado.

— Eu sei, eu sei — desculpou-se. — Fiquei de aparecer no *El Bodeguero*, mas é que tenho tido tanto trabalho...

Evitou cumprimentá-lo para não passar pelo constrangimento de lhe estender a mão como da última vez.

— Toma — ofereceu-lhe as flores. — São para ti.

— Ah — suspirou Luz María, fechando os olhos de forma romântica —, obrigada. — Encostou as flores ao peito e cheirou-as com gosto.

— Li o teu artigo sobre a música cubana — disse ele com um trejeito aprovador. — Gostei.

— Espero que não tenhas ficado aborrecido por te ter citado.

— Aborrecido?! — espantou-se Alex. — Pelo contrário, andei a mostrar o artigo a toda a gente.

— Ah — levou a mão à boca —, que vergonha...

— É verdade. Obriguei toda a gente a ler o artigo.

— Quem é que é toda a gente?

— Os meus amigos. O pessoal do *El Bodeguero* ficou todo inchado por vir no jornal.

— Gostaram?

— Gostaram. E já disseram que podes ir lá as vezes que quiseres que não pagas nada. És o ídolo lá da casa.

— Que exagero! — exclamou divertida, com os olhos muito abertos.

— A sério!

Depois disto, Luz María não teve coragem de recusar novo convite para uma noite no *El Bodeguero*. Foi recebida exactamente com o entusiasmo esfuziante de que Alex lhe falara. Os músicos da orquestra cercaram-na, eclipsando-a no interior de uma roda à volta da mesa, à frente do palco, onde se sentara com Alex. Eram extremamente simpáticos e, acima de tudo, de uma graça desconcertante. Os empregados do balcão vigiaram a mesa durante toda a noite, cuidando de substituir os copos vazios por bebidas novas sem que fosse necessário pedir. E Alex Cristobal tocou a sua trompete com uma alegria que já não se lhe conhecia há semanas.

Mais tarde, Alex acompanhou-a à paragem do autocarro.

— Foi uma noite muito agradável — disse Luz María, estendendo-lhe a mão. — Obrigada.

Alex manteve as suas atrás das costas.

— Acho que já mereço um beijinho, não?

— Está bem — condescendeu, mas teve de se apoiar nos ombros dele e pôr-se em bicos dos pés para lhe chegar à cara. Alex não se moveu nem um milímetro e permaneceu com as mãos escondidas. Luz María recuou um passo e sorriu atrapalhada, para esconder o constrangimento que lhe causou a atitude dele.

— Que sério! — brincou. — Não querias um beijo?

— Queria.

— Então? Não parecia.

Em resposta, Alex deu o passo que os separava, apertou-lhe com ternura o rosto entre as suas mãos e beijou-a na boca sem lhe dar tempo para protestar. O autocarro parou à frente deles quando já estavam sem fôlego. A porta abriu-se e uma voz disse do interior:

— Oh, não! Estes outra vez.

Eles olharam para dentro e riram-se ao ver o mesmo condutor da outra noite.

— Adeus — disse Luz María, voltando-se embevecida para Alex.

Só que ele não disse adeus e subiu com ela.

— Onde é que tu vais?! — espantou-se.

— Vou levar-te a casa — declarou ele — para não te perder outra vez.

Nessa noite, Alex Cristobal despediu-se de Luz María com um beijo prolongado à porta de casa dela, sob uma lua cheia branca e brilhante, que dir-se-ia posta de propósito em cima deles para lhes abençoar o amor.

— Amanhã vou buscar-te ao jornal para almoçarmos — disse Alex. Foi mais uma comunicação do que um convite, de modo que Luz María assentiu com a cabeça sem ter como dizer outra coisa senão sim.

Luz María não tinha um namorado desde a faculdade. Uma zanga definitiva, o desencantamento com o regime, a decisão de deixar Cuba e viver no estrangeiro, acontecera tudo ao mesmo tempo, ou talvez umas coisas tivessem levado às outras. Mas, para todos os efeitos, Luz María havia iniciado um processo solitário que a constrangia psicologicamente e a trazia debaixo duma tensão permanente. Ninguém, além dos pais, sabia do seu projecto de fuga. Não o podia contar a ninguém e isso fazia dela uma espécie de prisioneira em liberdade condicional. Luz María obrigara-se a evitar ligações afectivas, fazer novos amigos, criar laços que a amarrassem a Cuba. Alicia era a excepção e Alex Cristobal, pelos vistos, também começava a ser.

Na noite em que ele a beijou à porta de casa, Luz María não conseguiu dormir. Normalmente, teria sido um momento de inex-plicável felicidade, mas a existência de Luz María tornara-se tudo menos normal. Havia a Luz María superficial e a outra; a jornalista que pactuava com o governo e a rebelde à espera de uma oportunidade para fugir.

Deitou-se com o sabor da boca dele ainda presente, um amargo doce que lhe revolveu o estômago. Estava sem saber o que fazer. Pensou em acabar tudo com Alex antes mesmo de deixar que começasse. Ponderou a hipótese de lhe contar o seu projecto e tentar convencê-lo a partir com ela, mas começou logo a somar a enorme quantidade de dificuldades acrescidas que a ideia trazia. Uma coisa era ela fugir sozinha, outra, completamente diferente, arranjarem maneira de partirem juntos. E depois, pensou, não sabia como Alex reagiria quando lhe dissesse a verdade. Ela não o conhecia assim tão bem e, em Cuba, as coisas nunca eram exactamente como pareciam. Um vizinho denunciava outro por despeito, um namorado traía a namorada por desgosto. Luz María não fazia a mais pequena ideia do que pensava Alex sobre a sociedade em que viviam. Quer dizer, nunca tinham falado de política e ele até podia ser um incondicional do regime, capaz de renunciar à mulher que amava por patriotismo ou coisa que o valesse. Afinal de contas, entre os músicos havia muitos *protegidos* do partido sempre prontos a cantar o *milagre* cubano a troco de alguns privilégios. Luz María não sabia, pura e simplesmente não sabia. Claro, pensou, não achava que ele fosse nada disso, mas seria razoável correr o risco? Não, decidiu, seria demasiado perigoso. Mesmo que tentasse aliciá-lo para se juntar ao seu plano de fuga, teria de ser com tempo e de forma ponderada. Não podia, simplesmente, ir almoçar com Alex e perguntar-lhe à sobremesa «Olha, é verdade, queres fugir de Cuba comigo?».

Como Luz María optou por navegar à vista na sua relação com Alex, aconteceu o que ela mais temia: baixou as defesas e apaixonou-se sem reservas. Ainda que atormentada com o rumo que a sua vida tomava, constatou que ia perdendo a força anímica dos últimos meses e que não fazia nada para contrariar essa tendência. No fundo, começava a seguir as pisadas do pai, concedendo um pouco da sua liberdade em troca de uma relativa felicidade. Mas a possibilidade de se realizar profissionalmente e de poder viver em paz com a sua consciência seria permutável com o amor? Poderia continuar a ser jornalista e a aceitar de cara alegre ser censurada por um editor-chefe que mais parecia um comissário político? Luz María achava que não. Actualmente ela não fazia ondas no jornal para não se trair, mas estava certa de que, se se decidisse a ficar definitivamente em Havana, a sua atitude mudaria radicalmente. E, era claro, bem poderia dizer adeus à carreira, porque quando pusesse a passividade de lado iniciaria de imediato uma contagem decrescente para o desemprego. Em breve, não haveria pasquim em Cuba que a quisesse.

A conclusão era óbvia: se fosse infeliz profissionalmente não conseguiria ser feliz de maneira nenhuma. Uma pessoa não passava o dia frustrada e à noite esquecia as misérias todas nos braços do seu amor.

Só que a partida ainda não tinha hora marcada e ela sentia-se tão sozinha...

Quando na companhia de Alex, Luz María perdia o sentido das prioridades. Eram momentos enganadoramente felizes pois, embora não pudessem durar para sempre, tinham a virtude de lhe permitir esquecer tudo o que a atormentava nas outras horas do dia. Um contra-senso? Não, agora ainda era possível viver desta forma, mas a longo prazo o entusiasmo da paixão daria lugar à rotina e toda a estabilidade emocional não seria de mais para que eles se aguentassem juntos. Era assim, Luz María tinha consciência de que a vida era assim, não havia nada a fazer.

Alex recebeu Luz María em sua casa pela primeira vez ao fim de uma manhã de sábado. Tinham combinado um passeio, a Miramar, à marina Hemingway, e ela concordou em ir ter a casa dele, que ficava numa zona mais central de Havana. Era numa rua perpendicular à Academia de Ciências, o antigo Congresso tornado obsoleto desde 1959, a cópia cubana do Capitólio norte-americano, branco e reluzente como um monumento à farsa de democracia que Fidel Castro derrubara com o apoio do povo e depois se *esquecera* de implantar na ilha.

Os edifícios caíam aos poucos, à espera de restauro, mas alguns eram bonitos, plenos de uma dignidade arquitectónica apoiada nas colunas das fachadas e nas varandas nobres em pedra trabalhada com gosto. Heranças de uma época distante. Alguns ainda conservavam esculpidos no topo os nomes dos bancos americanos que em tempos tinham dominado a economia cubana. As ruas eram estreitas e havia uma ou outra loja, do quê, era um mistério, dado que todas tinham as prateleiras vazias, sinal do embargo à ilha mantido teimosamente por Washington e da incompetência gritante do governo de Havana, minado pelo compadrio e a corrupção.

O dia traiu os planos de Luz María e Alex. Quando ela chegou já estava a pôr-se chocho, apesar do calor de sempre. Subiu ao primeiro andar penetrando nas trevas de umas escadas a pedirem limpeza. O edifício não destoava do resto da rua, decrépito por dentro e por fora. Luz María bateu à porta com os nós dos dedos. Não havia campainha. Alex abriu e recebeu-a com carinhos de namoro recente. Fechou a porta com o pé, sem parar de a beijar, abafando vagamente os ruídos das famílias vizinhas, crianças a implicarem umas com as outras e mães a gritarem ameaças de que iriam contar tudo ao pai.

A porta de entrada dava directamente para a sala e esta não tinha um único móvel, numa versão cubana da moderna decoração minimalista que estava muito na moda no Ocidente. Coisas de homem solteiro, pensou Luz María, que não fez nenhum comentário para não ser desagradável logo na primeira visita. O apartamento era pequeno mas com um pé-direito de cerca de quatro metros, o que lhe conferia a sensação de ser bem mais espaçoso. Tinha na vertical o espaço que não havia na horizontal. Obviamente, aquilo era apenas uma ala de um apartamento que tinha sido muito maior antes de o terem dividido por várias famílias, o que explicava o facto de estarem sozinhos mas conseguirem seguir a par e passo a vida dos vizinhos.

O mais chocante era o estado lamentável das paredes, cobertas de alto a baixo por grandes manchas negras de humidade. As infiltrações de água haviam arruinado a pintura e, aqui e ali, já revelavam um pouco das entranhas do edifício. Contudo, Luz María não se impressionou tanto com o mau estado da casa como estranhou a falta de móveis. A decadência era vulgar em Havana, mas um armário, um sofá, um candeeiro e uma televisão ainda se arranjavam, nem que fossem só uns trastes desprovidos de valor.

Alex conduziu-a pela mão através de um corredor-fantasma, até à cozinha. Desembocaram num chão de ladrilhos descoloridos de tanto serem pisados. Havia um balcão com uma pedra rachada ao meio e um lava-loiças metálico. Luz María reparou na ausência de fogão e depreendeu que Alex não costumava almoçar ou jantar em casa.

— Queres beber alguma coisa? — ofereceu Alex, abrindo a porta de um frigorífico robusto, tão antigo como a Revolução.

— Está bem.

— Água fresca? — perguntou com um sorriso comprometido, ao mesmo tempo que lhe escancarava a porta para que visse o interior do frigorífico com as prateleiras vazias. — Ou água fresca?

— Água fresca está bem — disse graciosamente Luz María num tom de cumplicidade.

Voltaram à sala vazia com dois grandes copos de água gelada na mão. As portadas de madeira maciça escancaradas deixavam entrar a luz do dia e convidavam-nos a dirigirem-se para a varanda. Foram encostar-se, indolentes, ao gradeado trabalhado com adornos de artista. Luz María estudou as redondezas à perspectiva daquele primeiro andar. À direita, no topo da rua, a cúpula grandiosa do Capitólio despontava de um arvoredo, como se Washington se tivesse transferido para Havana.

Estiveram por ali a enfeitiçar-se com palavras românticas e gestos carinhosos, aproveitando o tempo numa dedicação mútua, vigiados pela curiosidade mal disfarçada da vizinhança. As coscuvilheiras do bairro, que passavam os seus dias amargos à procura de pretextos para embirrarem com alguém de forma a terem com que ocupar as tardes ociosas, foram despontando às suas varandas. Simulavam limpezas várias. Iam sacudir o pó de um tapete ou limpar os vidros das janelas por fora, enquanto deitavam olhares carrancudos à espera de reacção e, quando Alex as cumprimentava pelos nomes, as senhoras pareciam engolir a sobranceria e respondiam-lhe com murmúrios humildes. Ele parecia divertido com o jogo, mas Luz María queria-o só para si e atraiu-o para dentro.

— Mostra-me o resto da casa — pediu-lhe.

— Não há muito mais. Só o meu quarto — disse, seguindo-a.

Alex esgueirou-se pelo lado da cama, que ocupava o espaço quase todo, e encostou-se à janela, virado para dentro com as mãos apoiadas no parapeito.

— Por que é que não tens mobília na sala? — perguntou Luz María, cedendo finalmente ao bichinho da curiosidade. Alex sorriu. Já tinha apostado consigo mesmo quanto tempo mais haveria ela de aguentar sem dizer nada, *ou não fosses mulher*, pensou.

— É porque me mudei há pouco tempo e ainda não arranjei tempo para ir à procura de móveis novos.

Não tiveste paciência, queres tu dizer, pensou ela, *homens...*

— Aliás — disse Alex —, como já deves ter reparado, ainda tenho aqui muito que fazer. — *Agora vai perguntar-me onde vivia antes,* pensou.

— Onde é que vivias antes?

— Em *Centro Habana*, na Salvador Allende, mas gosto mais daqui, fico mais perto do *El Bodeguero.*

— Não queres fechar a janela? — sugeriu Luz María, mudando subitamente a agulha da conversa e deixando pendente no ar uma promessa implícita. *Faz amor comigo*, diziam os seus olhos escuros.

— É para já. — Alex encostou as portas de ripas, fazendo descer sobre o quarto uma semiescuridão, consciente de que acabava de dar às vizinhas um tema de conversa verrinosa para o resto da tarde. E logo elas que, ao contrário de Alex, ainda tinham bem presente a noite memorável em que ele trouxera para casa a amante mais espalhafatosa do Caribe.

Luz María trazia um vestido creme de algodão leve, abotoado à frente, um pouco acima dos joelhos, sem meias. E usava um cinto de argolas metálicas pendente à cintura. Estava simples mas bonita. Alex contornou a cama e abraçou-a. Ele era alto e ela dava-lhe pelos ombros. Encostou a cabeça ao peito dele e abraçou-o como se tivesse saudades. E tinha, tinha saudades de um momento assim. Com a mão direita, Alex afastou-lhe o cabelo do rosto e depois fê-la olhar para ele e beijou-a.

Luz María fechou os olhos, retribuindo-lhe o beijo com os seus lábios quentes, apaixonados.

Ele sentiu urgência de a despir, mas obrigou-se a refrear o instinto para não estragar o romance com a falta de tacto. Hoje não haveria cenas de macho a arrancar a roupa e a saltar em voo planado para a cama desfeita para subjugar a fêmea com sexo à bruta, nem o excitante palavreado obsceno entrecortado por gemidos sensuais de filme pornográfico. Desta vez a casa não viria abaixo com gritos de prazer selvagem que perturbavam o sono ligeiro das vizinhas sexagenárias ainda agarradas às recordações frágeis de uma juventude que já lá ia. Luz María não era apenas uma cara ou um nome para esquecer no dia seguinte.

Alex desabotoou-lhe pacientemente a fila de botões. O vestido abriu-se ao meio descobrindo-lhe o corpo bonito, escorregou-lhe dos ombros e caiu no chão. Luz María não revelou embaraço. Pelo contrário, despiu o resto da roupa e deslizou para dentro da cama. *Hum, lençóis lavados,* deliciou-se feliz, apreciando a frescura do algodão imaculado a roçar-lhe o corpo nu e sentindo-se elogiada por ele ter tido o cuidado de pensar naquele pormenor. Alex desembaraçou-se dos calções caqui e da camisa sem mangas que eram a farda de domingo e juntou-se a ela.

Devoraram-se com meiguice, saciando-se por etapas de uma fome de amor que, por diferentes razões, vinha afligindo ambos. Alex beijou-a cautelosamente da cabeça aos pés e depois outra vez dos pés à cabeça, apreciando esta nova forma de amar uma mulher, prolongando a ternura para que não se acabasse nunca. Normalmente, por esta altura, ele já estaria a cavalgar uma das suas companheiras de aventuras ocasionais imaginando-se um *cowboy* a dominar uma égua selvagem, eventualmente, usando mesmo um chapéu de vaqueiro e botas de montar nos casos em que trazia para a cama galdérias mais exigentes. Os seus hábitos amorosos costumavam assemelhar-se mais a *rodeos* festivos do que propriamente a entregas apaixonadas. Divertia-se a coleccionar mulheres bonitas e dispensava os sentimentos profundos e as complicações dos romances sérios. O caso mais complicado que Alex aceitara de bom grado tinha sido uma mulata na perfeição dos seus vinte anos que se desmanchava em lágrimas de emoção ao atingir os píncaros do prazer. E até bisara com ela, fascinado pela excentricidade dos seus orgasmos inusitados.

Sempre achara que, se pudesse viver nesta festa perpétua, não teria dúvidas em continuar a pairar acima das relações rotineiras que, como tantas vezes testemunhara, amarravam as pessoas a compromissos temperados por rancores acumulados em anos de frustrações surdas. Nesta matéria Alex tornara-se um indefectível pessimista. Alex foi refinando a sua personalidade marcadamente egoísta. Vaidoso e arrogante, orgulhoso por se sentir invejado, foi construindo a imagem de homem inacessível. Com os anos, havia-se tornado cioso dos seus rituais de solteirão empedernido e já não tinha disponibilidade para abdicar nem um bocadinho dessa liberdade de só fazer o que queria em troca de uma vida familiar condicionada por responsabilidades e obrigações.

Curiosamente, Luz María também não queria cair nessa armadilha. Como é que poderia pensar em partir se estivesse apaixonada? E se engravidasse? Ela sabia que não teria condições para levar uma vida digna em Cuba. Assustava-se só de pensar em educar uma criança com os valores em que acreditava, para um dia mais tarde essa criança crescer e descobrir que não havia nada na vida real que correspondesse ao que a mãe lhe ensinara. O seu filho, ou filha, seria inevitavelmente uma pessoa revoltada e infeliz, tal como sucedera com ela, e isso afligia-a.

Ainda agora, reconfortando-se nos braços fortes de Alex, Luz María tentava convencer-se na intimidade dos seus pensamentos que se lhe entregava livremente de corpo mas de modo algum de alma. Mais tarde sentir-se-ia um pouco impostora ao recordar as declarações de amor sussurradas por ele ao seu ouvido, na cama, quando estavam o mais unidos que alguma vez poderiam estar. Mas não teria tantos remorsos se soubesse que Alex também se espantara consigo próprio ao ouvir-se dizer em voz alta que a amava, percebendo que a entrega era maior e o prazer mais profundo se acompanhado por aquela confissão de amor.

Iniciaram, portanto, um romance que não desejavam, pela simples razão de que não se resistiam.

Passearam de mão dada na rua ao fim da tarde, felizes pelo seu amor consumado. Disseram graçolas de adolescentes, fascinados um com o outro, trocando olhares apaixonados e sorrisos cúmplices sem precisarem de dizer o que lhes ia na alma, de tão óbvio que era. Os primeiros candeeiros públicos acenderam-se, apesar da claridade natural só desaparecer dali por uma hora. Passaram pelo imponente edifício do antigo *The National City Bank of New York*, cujo nome ainda permanecia esculpido na pedra por cima das quatro colunas frontais, apesar da tímida placa verde que anunciava aos mais distraídos que aquela era, na realidade, a delegação provincial do Banco Nacional de Cuba.

Tinha acabado por cair um dilúvio que não durara mais de uma hora. A chuva refrescara a cidade, oprimida a tarde toda por um tecto cinzento de nuvens pesadas. Agora as ruas estavam cheias de gente que viera acabar o dia cá fora. Os homens vestiam camisas de manga curta que usavam por fora das calças e juntavam-se à conversa em grupos de três ou quatro. Aqui e ali, ouvia-se o som em *mono* de transístores a debitar notícias do desporto, que se propagavam, indistintas, algures do interior das janelas abertas.

Passaram por uma mulher com a cabeça cheia de rolos que fumava o seu cigarro encostada à entrada de um prédio, aguardando pacientemente pelos caracóis que a fariam mais bela. No primeiro andar do edifício seguinte, um homem repousava numa cadeira atrás da sua enorme janela sem parapeito mas com grades, como se aquilo fosse um palco para a rua, vestido apenas com *shorts*, indolente, com os pés apoiados na ombreira da janela, à espera de nada. Parecia um prisioneiro voluntário na sua própria casa.

Alex e Luz María foram andando em direcção ao mar e sentaram--se num muro baixo, frente a uma bateria de canhões que recordavam a presença espanhola de outrora e as guerras pela independência de Cuba, das quais, como toda a gente sabia, se destacava José Martí, o maior herói da pátria, morto no seu primeiro combate contra as forças espanholas no campo de batalha de *Dos Rios*, em 1895. Hoje em dia, tanto o governo como os exilados de Miami que se lhe opunham continuavam a disputar a memória de Martí para legitimar as suas posições políticas. As peças de artilharia, essas, vigiavam simbolicamente a entrada do porto de Havana.

Uma parede preta deslizou no canal, passando muito devagar à frente deles. Era um navio de carga russo que se fazia ao mar.

— Às vezes não pensas em como seria bom embarcar num navio e partir? — perguntou Luz María, sem tirar os olhos do enorme navio, que passava tão perto que parecia possível tocar-lhe com a mão. — Fumavam um cigarro a meias. Alex segurou o cigarro entre os dedos e deu uma *passa*.

— Eu não — disse, descontraído, sem dar muita importância à pergunta.

— Não? — Luz María voltou-se para ele espantada. — Não tens vontade de conhecer outros países, de viver noutro lado qualquer?

— Para quê — encolheu os ombros —, se tenho tudo o que quero aqui?

— Podias tocar a tua música nos Estados Unidos — fantasiou ela — e seres uma estrela de Hollywood.

— Nos Estados Unidos ninguém me conhece — rematou Alex, esvaziando assim a conversa, dada a evidência do seu total desinteresse pelo assunto. E Luz María teve um primeiro indício claro de que o seu pior receio parecia confirmar-se: Alex Cristobal dificilmente aceitaria alinhar na sua empresa secreta.

Subitamente, o estado de graça daquela tarde perfeita acabou e Luz María viu a felicidade escapar-se-lhe por entre as mãos sem nada poder fazer para a agarrar. *Dios mío, o que é que eu vou fazer?* questionou-se, assustada, ao compreender quão efémera se revelava a alegria de um amor minado à nascença por dificuldades demasiado grandes para que tivesse alguma hipótese de sobreviver. Lembrou-se da mãe que, na sua imensa bonomia, lhe costumava explicar o caso dela e do pai de Luz María com o desconcertante optimismo de sempre: «O amor quando é verdadeiro — afirmava — vence todos os obstáculos.»

Como estás enganada, Mamí...

— O que é que tens? — preocupou-se Alex, ao perceber a nuvem súbita que descera sobre ela.

— Nada — disse —, nada. — Ofereceu-lhe um sorriso para o sossegar e encostou a cabeça ao peito dele, desejando que as suas preocupações fossem todas para o inferno, nem que fosse só por um bocadinho.

8

Luz María conheceu Renata duas semanas depois e, assim que a viu, gostou logo dela. Alex fez questão de levar Luz María a conhecê--la e ela percebeu imediatamente que os dois eram como irmãos. Fizeram um churrasco no quintal de Renata, que ficava em Regla, nos subúrbios de Havana, e que, apesar de a obrigar a tomar diariamente um *ferry-boat* e um autocarro para chegar ao trabalho e os mesmos dois para regressar a casa, ela não trocaria por nada deste mundo.

— Aqui, pelo menos, tenho o meu sossego — explicou Renata. — A minha casa é uma merda mas é só minha, sem vizinhos ao lado, em cima e em baixo, a meterem-se na minha vida, a vigiarem os meus passos. — Disse isto com uma espontaneidade tal que Luz María viu que era uma pessoa sincera.

— Sei bem o que isso é — lamentou-se Alex, deixando-se cair pesadamente num velho sofá de dois lugares, com uma mola a despontar, ameaçadora. Um sofá no quintal era mesmo coisa de Renata.

— Também eu — acrescentou Luz María, revendo num instante a sua vida, em pé e com as mãos afundadas nos bolsos de trás das suas únicas *jeans*, resgatadas por alguns dólares a uma loja de acesso exclusivo a estrangeiros. Nada ficava demasiado longe para evitar a bisbilhotice dos vizinhos. Em Cuba qualquer pessoa era um espião em potência. Renata também não estava imune, apenas um pouco mais protegida pelo isolamento. Antes, Luz María deixava tudo para os pais, mas agora eles estavam a ficar velhos e ela tinha tomado a seu cargo as famigeradas tarefas comunitárias.

Renata, que era dada a misticismos, não podia viver em local mais indicado para dar asas ao seu espírito devoto. Regla, com as suas religiões afro-cubanas, com os seus *babalawo* — os sacerdotes da *santería* — e com a Madona Negra da *Iglesia de Nuestra Señora de Regla*, era o paraíso dos crentes, que vinham saber notícias do além e receber a bênção de *Yemanjá*, o espírito dos oceanos.

Mas Renata não passava os dias suspensa em contemplações sobrenaturais. Pelo contrário, até tinha os pés bem assentes na terra. Levava a crença muito a sério mas não vivia obcecada pela religião.

Tornaram-se boas amigas, mais uma excepção à regra de Luz María. A empresa de aluguer de automóveis onde Renata trabalhava dava para a marginal, praticamente ao lado do hotel Nacional, uma glória dos tempos áureos, recentemente recuperado. Era o maior e melhor hotel de Havana, um imponente edifício branco do tamanho de um quarteirão, com os seus vários blocos encaixados uns nos outros. Visto de cima era uma cruz num suporte. Renata e Luz María adquiriram o hábito de se encontrarem uma ou duas vezes por semana, à hora de almoço, para comer sandes trazidas de casa sentadas num dos bancos do jardim ali em frente. Era agradável desligarem um bocadinho do trabalho e ficarem a dar à língua, aproveitando o sol.

Havia um *outdoor* no jardim, tão grande que tapava a vista para o hotel Nacional. Luz María observou-o intrigada, pois reparou que nunca lhe dera importância antes, embora estivesse ali toda a essência da história recente de Cuba. Tinha pelo menos dez metros de comprimento. Era um *cartoon* bélico. Do lado direito um guerrilheiro cubano de metralhadora em punho, do lado esquerdo o tio Sam a rosnar, ameaçador. Entre eles o oceano. E no meio esta frase gritada pelo guerrilheiro: «*Señores imperialistas ! No les tenemos absolutamente ningun miedo!*»

Luz María deu uma dentada no pão enquanto estudava o *outdoor*.

— Renata — disse, sem tirar os olhos do cartaz.

— Sim?

— O teu marido... — deu um gole de refresco de um copo de plástico para empurrar o pão. — O teu marido, quando partiu, não te disse para ires com ele?

— Hum, hum — Renata abanou a cabeça negativamente ao mesmo tempo que acabava um restinho de pão.

— Não se davam bem?

Renata demorou o seu tempo a mastigar.

— Nem por isso — respondeu finalmente.

Luz María não disse mais nada, encorajando-a com o silêncio.

— Ele estava desempregado, sabes?

— Hum...

— Bebia de mais e andava metido em esquemas.

— Esquemas?

— Droga — lançou-lhe uma expressão significativa. — Quis plantar haxixe no nosso quintal. Zangámo-nos e ele saiu de casa. Uns dias depois vim a saber que tinha partido.

— Não foi fácil, imagino...

— Não — encolheu os ombros como que resignada a uma tristeza súbita que lhe deixou os olhos marejados de lágrimas.

— Desculpa — disse Luz María, arrependida por ter puxado o assunto. — Não queria...

— Tens um cigarro?

— Tenho — vasculhou a carteira, atrapalhada. — Toma.

— Obrigada. Lume?

Luz María mergulhou novamente a mão na carteira e encontrou o isqueiro à primeira, apesar da anarquia que ia lá dentro.

— Obrigada. — Renata inspirou o fumo profundamente, inclinou a cabeça para trás e atirou uma nuvem para o ar. Luz María acendeu um para si, só para dar que fazer às mãos. Ficaram as duas com os olhos colados ao guerrilheiro e ao tio Sam, vendo o mar que os separava, numa contemplação triste.

— Desculpa — disse Renata, envergonhada. — Não costumo ser assim.

— Oh, Renata — Luz María passou-lhe o braço por cima dos ombros e apertou-a contra si —, não tens nada que pedir desculpa. É para isto que servem as amigas, não é?

— É — abanou a cabeça, animando-se com um sorriso —, acho que sim.

Voltaram ao mesmo banco de jardim dois dias mais tarde.

— Estou farta deste cartaz estúpido — disse Renata. — E se fôssemos até ali? — apontou para o muro do *Malecón*.

— Está bem — concordou Luz María. — Também não lhe acho muita graça, não.

Atravessaram a rua e sentaram-se no muro. O mar perdia-se de vista, prateado por causa do sol que lhe batia a pique.

— Renata...

— O que é? — refilou a amiga, desconfiada. — Não me vais pôr a chorar outra vez, ou vais?

— Não — riu-se. — Não é nada disso.

— Bem — cruzou os braços à espera do que lá vinha.

— É sobre o Alex.

— O que é que tem o Alex? — intrigou-se.

— Se eu saísse de Cuba — disse —, achas que ele vinha comigo?

— Mau...

— A sério, Renata, tu conhece-lo bem. O que é que achas?

— *Rapariiiga* — esganiçou-se em voz baixa, abismada —, tu estás a pensar em fugir?!

— Não, não — ergueu as mãos, como se quisesse parar uma conclusão apressada. — Só gostava de saber o que diria o Alex.

— Por que é que não lhe perguntas?

— Não sei... — Luz María apoiou as mãos no muro, juntinhas às coxas, cruzou os pés, ergueu um pouco as pernas e inclinou-se ligeiramente para a frente, pondo-se a observar os sapatos, um sobre o outro. — Não sei — repetiu, insegura. — Tenho medo que ele se assuste.

— Pois, pudera — Renata contraiu os lábios numa careta —, se já estás a assustar-me a mim.

— Renata — insistiu. — A sério. Só quero saber a tua opinião.

— A minha opinião?

— Sim...

— A minha opinião é que o Alex é como eu: não conseguiria viver longe de Cuba.

9

1997 ficaria marcado a sangue e lágrimas na memória de Luz María. Tragédias e tristezas profundas vieram misturadas com perigos, desafios e grandes esperanças. Curiosamente, há quase um ano que não lhe acontecia nada de radicalmente importante, tirando Alex.

A relação com Alex Cristobal, a princípio maravilhosa, foi perdendo fôlego à medida que ele foi revelando o seu carácter caprichoso de animal solteiro. Alex podia ter atrás de si um rasto impressionante de corações desfeitos, mas eram corações que, em boa verdade, só lhe conheciam a faceta encantadora, já que ele, na ânsia de se descartar das mulheres apaixonadas que lhe caíam na cama, deixava-as com água na boca, convencidas de que haviam tido um príncipe na mão para logo o deixar escapar. Em contrapartida, Luz María teve tempo para o conhecer do avesso.

Alex Cristobal quis, com toda a sinceridade, dedicar-se exclusivamente a Luz María, crente de que encontrara a mulher dos seus sonhos — sendo obviamente esta definição um manifesto exagero, dado que ele jamais perdera tempo a sonhar com qualquer ideal de mulher —, mas os hábitos de anos dificilmente se perdiam de um dia para o outro e Alex não estava preparado para partilhar a vida com uma mulher. Até à entrada de Luz María na vida de Alex, a sua disponibilidade para uma relação íntima não ia muito além de dois dedos de conversa ousada à roda de uma garrafa de rum, seguidos de uma noite de tropelias nos lençóis, cujo interesse se esvaziava assim que dava como consumada a conquista. Por mais estúpido que lhe pudesse parecer, Alex não conseguia amar uma mulher disposta a entregar-se no primeiro encontro. Punha-se a pensar que, se ela era assim fácil com ele, também deveria ser com outros. Tinha ciúmes antecipados e não se permitia sequer ponderar em ir mais longe do que uma noite de «festa brava», como ele se referia às *touradas* no seu apartamento quando queria fazer inveja aos amigos. Dessas mulheres ele desinteressava-se tão depressa como se tinha interessado.

Ultrapassado o desvelo dos primeiros meses, Luz María foi retomando naturalmente a velha rotina. Ela procurava a companhia de Alex e ele insistia para que se mantivesse a seu lado todos os segundos disponíveis do dia. Uma atitude que inicialmente a embevecia mas que, com o tempo, se foi tornando sufocante. Alex exigia dela o que não se esperava de uma esposa. Com o seu feitio susceptível, ficava intratável se Luz María falhava uma noite no *El Bodeguero*. Fazia-lhe cenas. Alex trabalhava de noite e dormia de manhã, despertando para o dia lá para a uma da tarde, e não compreendia que, fazendo Luz María um horário normal, lhe custava acompanhar o seu ritmo de artista. Ainda assim ela soube impor-se e começou a limitar as saídas nocturnas às sextas e sábados.

Sem sequer reparar que estava a ir para onde não queria, Alex cedeu à fraqueza de um impulso e sugeriu a Luz María que fosse viver com ele, já que o casamento não era ideia que lhes passasse pela cabeça. Nisso estavam de acordo. Quanto ao resto, ela não lhe disse que sim nem que não, respondeu-lhe com astúcia feminina.

— És um querido — disse —, mas tenho de pensar bem no assunto.

— Tens?! — espantou-se Alex, que tinha imaginado que lhe iria dar uma grande alegria.

— Tenho — confirmou. — Não tomo uma decisão dessas de ânimo leve. — Há os meus pais, sabes...

— Luz María, tu tens vinte e cinco anos!

— E então?

— Então — abriu os braços, exasperado —, já tens idade suficiente para viveres com quem entenderes!

— Eu sei, Alex, mas isso não é motivo para dar um desgosto aos meus pais. A minha mãe é muito tradicionalista, há anos que sonha em casar-me na igreja, com uma festa e essas coisas todas...

Estavam sentados na cama de Alex, encostados aos travesseiros, acabados de fazer amor. Destilavam, apesar de não terem uma peça de roupa em cima. Empurraram o lençol com os pés para aproveitarem melhor a aragem que passava por entre as tabuinhas da janela encostada. Partilhavam um cigarro.

— E eu a achar que me ias saltar para o pescoço, toda contente — desabafou Alex, aparvalhado.

Voltaram ao assunto recorrentemente, sempre puxado por ele. Luz María foi esquivando-se como pôde, iludindo-o com respostas vagas.

No dia dos seus trinta anos, Alex quis fazer tudo diferente do costume e faltou ao concerto no *El Bodeguero*, deixando a orquestra órfã da trompete para levar Luz María à praia. Com a noite só para eles, correram para a água em pêlo e fizeram amor de pé, embalados pela corrente tranquila. Depois foram deitar-se na areia, abraçados. Estava uma noite perfeita, nem fria nem demasiado quente. A Lua no lugar do Sol, tão branca e luminosa que parecia de dia. Não havia uma nuvem. O céu, absolutamente limpo com as suas estrelas brilhantes, propiciava viagens de imaginação pelo espaço.

— Apetecia-me ficar aqui contigo para sempre — disse Alex, arrebatado pela beleza daquilo tudo.

— A mim também — suspirou Luz María, com sinceridade.

— Vamos ficar juntos e ter uma data de filhos?

Luz María levantou a cabeça do peito dele para ver com que cara ele dissera aquilo. Era a primeira vez que Alex fazia referência a filhos.

— O que foi? — disse ele, pensando que a alarmara. — Não queres ter filhos?

— Primeiro quero dar a volta ao mundo — respondeu Luz María, voltando a pousar a cabeça.

— Ah, já sei, queres ir para os Estados Unidos.

Luz María espantou-se, pois ficara convencida de que ele não registara nada daquela conversa antiga, passada no muro à frente dos canhões que guardavam a entrada do porto de Havana.

Sentiu um arrepio e não era de frio.

— Estás com frio? — perguntou Alex.

— Não, estou bem — disse. — Vinhas comigo? — arriscou.

— Para os Estados Unidos?

— Ou para outro lado qualquer.

— Porquê, não estás bem aqui?

— Estou — mentiu —, mas gostava de ter a oportunidade de conhecer outros países, a América, a Europa...

— Conseguias viver fora de Cuba?

Luz María encolheu os ombros.

— Conseguia — disse. — Por que não?

— Passaportes é coisa que não abunda por cá, como sabes.

— Eu sei e é isso que me irrita — acrescentou Luz María, percebendo que estava a ir mais longe do que tencionara, mas sem conseguir conter a necessidade de saber o que Alex pensava daqueles assuntos.

— O que é que te irrita?

— Não ter a liberdade de sair e entrar quando muito bem me apetecer.

— Suponho que, se toda a gente tivesse passaporte, a ilha era capaz de ficar vazia de repente. As pessoas seriam tentadas a partir à procura da terra prometida. Seriam enganadas pela propaganda ianque e acabariam pior do que estão.

— Talvez tenhas razão, mas pelo menos teriam a liberdade de escolha.

— Não sei — disse Alex, pensativo. — Talvez o governo ache que tem o dever de proteger o povo dessas rasteiras.

— Qual quê! — reagiu Luz María, incapaz de moderar a indignação. — Não sejas ingénuo. O governo não quer é ficar malvisto, como aconteceu no passado.

— Luz María, Luz María — disse ele, embalando-a nos braços. — Não sejas tão negativa. As pessoas não são todas más, só porque estão no governo. Há muita gente que só quer melhorar as condições de vida dos cubanos.

— Pois, está bem. — Desembaraçou-se dos braços dele e procurou os cigarros na carteira. O isqueiro não acendeu à primeira nem à segunda. Atirou com ele outra vez para dentro da carteira. Alex endireitou-se, apoiando-se nos cotovelos enterrados na areia.

— O que foi? — estranhou. — Estás chateada?

— Não — resmungou. — Tens lume? — perguntou, com os olhos postos no mar e uma lágrima de frustração a cair-lhe pelo rosto.

Luz María nunca se sentiu suficientemente segura para confessar a Alex a sua resolução definitiva de partir. Ficou-se sempre pelas meias-palavras. Falava-lhe da vontade de conhecer outros países, de viajar por continentes distantes e, ocasionalmente, deitava cá para fora um desabafo político mas, talvez porque Alex pensasse que aquilo não passava de fantasias da cabeça dela, talvez por Luz María perceber que ele via a situação do país com outros olhos, acabava por se retrair e recuar antes de lhe dar a saber para onde ia a sua vida.

Agora que o conhecia bem, Luz María já não receava a ideia de Alex vir a denunciá-la por despeito. Tinha a certeza de que ele não só não aceitaria acompanhá-la como ficaria abalado se ela lhe dissesse que estava a pronta a deixá-lo para trás, mas nunca faria nada que a pusesse em perigo. E, no fim, Alex acabaria por surpreendê-la.

Em Março, Alex partiu com a orquestra numa digressão por várias cidades. Foi uma viagem alucinante à volta da ilha. Encheram bares, salões, teatros e praças numa festa total que se prolongou por um mês. Um concerto por noite, uma noite em cada cidade. Alex Cristobal estava de volta e em grande forma. Tocou com a inspiração redobrada de antigamente. Sentiu-se livre e feliz.

Despedira-se de Luz María com um abraço angustiado à porta da camioneta, levara-a no coração e pensara nela durante os primeiros dez quilómetros, até adormecer com a cabeça encostada ao vidro. Chegou a Santa Clara fresco e com vontade de brilhar.

Actuaram num salão para duas centenas de pessoas. Mais tarde, uma extraordinária mulata de bronze, radiante num vestido de alças vermelho, foi aos bastidores oferecer-lhe um ramo de flores em nome da vereação local. *Estou apaixonado!*, exclamou Alex num pensamento inflamado enquanto recebia as flores das mãos finas e longas da rapariga, e beijou-a com um entusiasmo tal que não podia ser só de agradecimento. Passou-lhe o braço direito pela cintura fina e cingiu-a a si enquanto lhe dizia ao ouvido o que ela queria ouvir, que deviam ir o quanto antes ao seu camarim colocar as flores em água.

Dirigiram-se para os prefabricados que tinham sido montados para os artistas nas traseiras do salão e que não passavam de uma fila de quartos individuais, acanhados e pouco dignos, onde havia uma pobre mesa, um banco coxo e um espelho sujo. A luz, pálida, vinha de um improviso eléctrico, uma lâmpada triste enroscada num casquilho pendurado no tecto. Acendia-se como quem puxava a corrente do autoclismo. Alex encostou a porta perra de tábuas pregadas à pressa, atirou com desdém o ramo para cima da mesa e perguntou à rapariga: «Para que é que eu quero um ramo se tu já és uma flor?» Ela derreteu-se com o elogio fácil e respondeu--lhe a rir-se que, de facto, se chamava Rosa. Foi tudo o que Alex precisou de saber, além de que ela tinha vinte e dois anos, embora ele se tivesse convencido, quando lhe baixou as alças e o vestido lhe caiu pela cintura sem nada por baixo, de que não podia ter mais de dezoito. Levantou-a sem esforço, segurando-a por baixo dos braços, sentou-a na mesa tosca e frágil, em cima das flores, abriu-lhe as pernas com um sorriso de lobo e quando acabaram havia um tapete de pétalas a forrar o tampo da mesa e o chão poeirento do camarim.

Esta foi a primeira de muitas aventuras fugazes numa correria por tantas cidades que se tornou impossível para ele decorar os nomes de outras tantas flores. Só telefonava a Luz María uma vez por semana e aplacava as queixas dela argumentando demoradamente com a falta de tempo e de comunicações. «Sabes lá o que é preciso para encontrar um telefone neste fim do mundo.» Afinal, dizia-lhe, passava a maior parte dos dias enfiado no autocarro e quando chegava a uma cidade só tinha o tempo à justa para se preparar para o concerto. O que não o impediu de ter feito como os marinheiros, que têm uma mulher em cada porto.

Quando regressou a Havana, Alex já não era o mesmo. Ou melhor, era o mesmo de sempre, só que passou a ter a sua vida pacata e razoavelmente feliz com Luz María e outra ao lado, não menos feliz mas muito mais frenética, com as suas namoradinhas de ocasião. Na altura, Luz María interpretou erradamente a mudança como uma transformação para melhor. Acreditou que Alex tinha ganho confiança, senão nele, pelo menos nela, e por isso se tornara menos possessivo. Até se mostrou agradavelmente impressionada.

— A viagem fez-te bem — disse-lhe.

— Porquê?

— Porque andas mais feliz — acrescentou, sem querer entrar em pormenores para não o melindrar no seu orgulho de homem.

De facto, Alex já não pressionava tanto Luz María, nem se mostrava desagradado por ela não ir ter com ele todas as noites ao *El Bodeguero*. Alex regressou da digressão com uma inspiração renovada e voltou a interessar-se pelas clientes atrevidas que nunca tinham deixado de o espicaçar com os seus olhares penetrantes lançados nas costas dos namorados. Episodicamente, convidava uma ou outra para o seu apartamento, com a condição de não se demorarem mais do que o tempo indispensável para satisfazerem as suas fantasias sexuais com um *macho* célebre, «por causa do meu sono de beleza», dizia-lhes, explicando-lhes que só sabia dormir sozinho.

Alex estava convencido de que aqueles *casos sem significado* não influenciavam em nada a sua relação com Luz María, de tal forma que só ela é que se apercebeu do distanciamento gradual entre eles. E, com isto, inverteu-se a situação, passando Luz María a estranhar o desinteresse de Alex e ele a bufar pelos cantos, sem paciência para tanta *lamechice*.

Com o tempo, foi-se abrindo um fosso cada vez maior, que atingiu o seu ponto mais crítico quando Luz María surpreendeu Alex numa situação difícil de explicar.

10

Em Setembro de 1997 a polícia cubana prendeu Raúl Ernesto Cruz León, um salvadorenho surgido do nada que nesse ano chegou a Cuba para semear uma onda de destruição que iria abalar o turismo da ilha e dar a Fidel Castro munições para bradar contra os exilados de Miami, os Estados Unidos e todos aqueles que em trinta e oito anos de combate ao regime cubano nunca lhe haviam levado a melhor. Cinco meses antes, este terrorista infiltrado colocou a sua primeira bomba num dos melhores hotéis da capital, abrindo assim com estrondo a sua campanha solitária de fogo-de-artifício. Ao todo, somaram-se meia dúzia de ataques contra hotéis, restaurantes e clubes nocturnos de Havana e Varadero, a estância turística mais famosa de Cuba.

O primeiro atentado, que apanhou as autoridades desprevenidas, deu-se a 12 de Abril no hotel Mélia Cohiba, um edifício moderno de vinte andares com mais de quatrocentos quartos, restaurantes, bares e piscinas, que se erguia perto do *Malecón* e que parecia vestido às riscas brancas e cinzentas.

Naquele dia, Luz María tinha ficado a trabalhar até tarde para acabar uma extensa reportagem sobre os mistérios religiosos afro-cubanos que faziam de Regla uma cidade de intensa romaria de cubanos devotos e estrangeiros curiosos. Influenciada pela crença de Renata na *santería* e espicaçada pela desconfiança crónica do regime de tudo quanto era poder que não fosse o seu, Luz María tinha proposto uma série de artigos sobre o assunto, dando como pretexto o lado pitoresco de Regla enquanto atracção turística.

O telefone tocou na redacção. Luz María atendeu. Tinha rebentado há poucos minutos uma bomba na discoteca Aché, no hotel Mélia Cohiba. Sem pensar em mais nada, Luz María largou o que estava a fazer e correu para lá.

Quando chegou identificou-se como jornalista para passar a barreira de polícias, bombeiros e ambulâncias. Havia muita gente no átrio do hotel. Hóspedes assustados acumulavam-se frente ao balcão da recepção, ansiosos por informações sobre os próximos voos que os levassem dali para fora; frequentadores da discoteca em estado de choque recebiam ajuda dos socorristas; a polícia procurava identificar o maior número de pessoas, investigando o crime enquanto estava fresco e os funcionários do hotel faziam o que podiam para organizar o caos.

Luz María não estava habituada a cobrir acontecimentos como aquele, onde era necessário que o repórter mantivesse alguma presença de espírito para não se perder no meio de tanta confusão. De forma que ficou parada durante uns segundos, ali no átrio, a observar o que a rodeava e a pensar por onde é que havia de começar. Depressa concluiu que o melhor era pôr-se a entrevistar testemunhas antes que desaparecessem todas. Tirou da carteira um minigravador enquanto os seus olhos esquadrinhavam o recinto à procura de candidatos. Foi então que lhe pareceu reconhecer, por entre uma cortina de gente em movimento, um rosto familiar no outro lado do átrio, sentado num canteiro encostado à parede.

Aproximou-se um pouco, incrédula, sem conseguir ver bem, com os olhos fixados num ponto que aparecia e desaparecia entre as pernas de uma multidão ambulante. Começou a furar naquela direcção até ter a certeza. Alex e uma loira enfiada num vestido luminoso de seda azul garrido, carteirinha azul e sapato azul. Lado a lado, os dois, abatidos no rebordo do canteiro. Abatidos mas intactos. Ele com o casaco dobrado na perna, a gravata alargada e a camisa aberta uns três botões. Inclinava-se para a frente com os braços apoiados nas pernas afastadas e um cigarro na mão direita. A loira, ao contrário, de perna cruzada, encostada à parede por cima das flores e a cabeça inclinada para trás como se estivesse a deitar sangue do nariz. Luz María não a reconheceu.

— Alex! — chamou-o.

Ele ergueu os olhos sem mexer a cabeça e viu Luz María aproximar-se demasiado depressa para lhe permitir fazer qualquer coisa para se salvar. *Merda!* pensou.

— Luz! O que é que fazes aqui?

— Vim fazer a reportagem, claro — disse, pondo-se de cócoras, com uma mão no joelho dele, propriedade dela. — E tu?

— Eu?... — estupidificou-se Alex. A loira baixou a cabeça e interessou-se pela conversa. Luz María desviou os olhos para ela e regressou a ele sem comentar. Estava branco.

— Sim, não sabia que vinhas cá. Não devias estar no *El Bodeguero?*

— Sim, não, quero dizer, tive de vir cá por causa de uma entrevista.

A loira arregalou os olhos pestanudos.

— Uma entrevista, a esta hora?! — estranhou Luz María.

— Sim — encolheu os ombros. — É por causa de um concerto. E tu — desviou a conversa —, já sabes o que aconteceu?

— Já, foi uma bomba.

— Pois foi, na casa de banho da discoteca. Não há feridos, mas a explosão fez uma data de estragos — suspirou, continuando a ignorar infantilmente a loira, como se ela pudesse desaparecer. A mulher pôs-se a vasculhar muito dignamente a carteirinha apoiada no joelhinho cruzado, fazendo-se notada, acentuando o embaraço. Tirou uma cigarreira prateada.

— Tens lume, Alex? — pediu, com o nariz empinado.

— Hã?! Lume. Tenho.

— Alex?... — Luz María lançou-lhe faíscas com os olhos.

— Ah, desculpem, é a Marisol — apontou —, a Luz María...

Elas trocaram um olhar frio. *A loira tem nome*, registou Luz María.

— Olá — disse, num tom bastante enjoado.

— Olá — disse Marisol, igualmente seca e antipática.

— Toma — Alex estendeu-lhe a mão com o isqueiro e acendeu-lhe o cigarro. Marisol inspirou profundamente, deixou escapar um sopro de fumo propositadamente demorado e em seguida deu-lhe a derradeira estocada.

90

— Bem, já percebi — levantou-se, alisando o vestido com muito esmero. — Vou-me embora. Depois falamos.

— Está bem — assentiu Alex, derrotado.

— Adeus.

— Adeus.

— O que é que ela já percebeu? — inquiriu-o Luz María, assim que Marisol se esfumou na confusão do átrio.

— Sei lá! — reagiu ele, desviando os olhos.

Luz María levou-lhe a mão ao queixo e obrigou-o a encará-la.

— Alex, quem é aquela mulher?

— É uma amiga que encontrei aqui.

— Ah — retirou a mão —, uma amiga... — Ergueu-se e foi sentar-se ao lado dele, no lugar de Marisol. — E donde é que surgiu esta amiga?

— Encontrei-a cá. Estávamos à conversa quando isto aconteceu.

Luz María suspirou, sem saber se devia acreditar nele. *Isto*, pensou, era a razão que a levara ali. E, se não fosse trabalhar depressa, bem podia dizer adeus à reportagem mais importante da sua curta carreira.

— Bom — disse. — É melhor ir trabalhar. Tu estás bem?

— Estou óptimo. Vai lá à tua vida, não te preocupes comigo. Depois falamos.

Não voltaram a falar de Marisol. Alex fez por ignorar o assunto e, no dia seguinte, Luz María não se sentiu tentada a confrontá-lo. Tendo-o surpreendido na companhia daquela *mulherzinha emperti-gada* num lugar onde nem sequer esperava encontrá-lo, quanto mais acompanhado, Luz María jurara a si própria que não descansaria enquanto não tirasse o caso a limpo. Mas há coisas nesta vida que, ou se tratam a quente ou dificilmente se volta a elas. Um dia depois a indignação arrefecera e, de tanto pensar no mesmo, o que ontem lhe parecera inaceitável hoje já era relativo, e até achou ridículo ir massacrar Alex com um inquérito policial. Afinal de contas, não o apanhara a fazer nada de mais e podia ser que Marisol não passasse de uma velha amizade ou talvez, quem sabia, de um namoro antigo. Pois, podia ser, mas Luz María não acreditava que o fosse, pela simples razão de que nunca vira uma mulher vestir-se como Marisol para sair sozinha. Marisol tinha-se, definitivamente, vestido a pensar num homem — isso sabia Luz María, bastava ser mulher para o saber — e tinha, definitivamente, saído do hotel sozinha. Ora, se o homem não era Alex, quem era? Portanto, se Luz María deixou passar o assunto em branco foi por preferir simplesmente enganar-se a si própria. Mas só até certo tempo, porque, como de qualquer modo estava desconfiada e magoada, arranjou outro pretexto para se atirar a Alex. E a conversa azedou.

Encontraram-se no *El Bodeguero* e ela vinha pouco satisfeita com a sua reportagem. Conversaram sobre isso no intervalo da actuação de Alex. Ela mostrou-lhe o jornal, um pouco desanimada.

— Parabéns! — exclamou Alex, quase eufórico. Luz María olhou para ele de um modo estranho, entre o sorriso e o espanto. Alex percebeu. Exagerara na reacção e talvez tivesse soado um bocadinho a falso. Por momentos receou que Luz María fizesse a ligação e pensasse que ele estava a ser demasiado simpático só para disfarçar o deslize da noite anterior. Claro que estava, mas não precisava de ser tão óbvio.

— Foi bom, não foi? — corrigiu o tiro, fazendo-se de ingénuo.

— Nem por isso — disse Luz María, e encolheu os ombros. — Toda a gente sabe que foi uma bomba e eu tive de escrever que foi um acidente. Uma explosão de gás, imagina. É a versão oficial das autoridades e do hotel. E ainda por cima incluíram uma data de propaganda anti-CANF à volta da minha reportagem. — A CANF era a Fundação Nacional Cubano-Americana, sedeada em Miami e dirigida pelos exilados que faziam oposição a Castro a partir do exterior.

— É assim mesmo — reagiu Alex, indignado com os bombistas. — Esses filhos da puta vêm para cá pôr bombas e depois ainda querem o nosso apoio? Que se fodam!

— Não sabes se foram eles — cortou ela, fria. — Só no ano seguinte é que a CANF haveria de admitir a responsabilidade pelos atentados na ilha.

— Não sei?! Então quem foi? O Pai Natal, não?!

— Sei lá se foi o Pai Natal! Ninguém reivindicou o atentado. Alex olhou para ela com ar de gozo.

— Não olhes para mim assim! — irritou-se.

— Luz — disse. — Tu não achas que foram eles?

— Acho — reconheceu —, mas isso não...

— Ah, ah! — interrompeu-a, triunfante.

— Mas isso não quer dizer que seja correcto que o assuma sem reservas quando escrevo uma notícia.

— Oh, Luz María, deixa-te de tretas.

— Não são tretas. Uma coisa é o que eu acho, outra coisa é o que eu devo escrever.

Alex bateu com o indicador na mesa para sublinhar cada palavra: — Tu podes e deves escrever que esses tipos são uns cabrões que nos atacam à bomba. E, ainda por cima, eles dizem muito mal do regime mas continuam a viver à grande em Miami.

Luz María não se conteve.

— Se eles fazem isso — levantou a voz — é porque aqui não há liberdade! E se vivem bem em Miami, mais uma razão para que não tivessem que se preocupar com Cuba! E preocupam-se.

— Fala baixo — avisou-a Alex, olhando em redor.

— Porquê? Tens medo que nos ouçam?

— Não — apontou para o palco atrás dele, como se pedisse boleia —, mas o espectáculo é ali.

— Olha, vai à merda.

11

Jorge Torrado acordou naquela manhã de Julho com o pressentimento estranho de que aquele seria um dia especial. Luz María iria almoçar a casa o que, por si só, não tinha nada de especial, pois era sábado e ela costumava ficar para o almoço aos fins-de-semana. E, bem, tanto quanto Jorge se recordava, não era nenhuma data para comemorar.

Tomou um duche rápido a pensar na seu giro matinal. Desde que estava reformado, os sábados eram iguais a todos os dias. Saiu de casa às nove e foi comprar o *Granma*. Gostava de ler o jornal porque era onde a filha escrevia, não por ser o órgão oficial do Partido Comunista Cubano. De qualquer forma, com sessenta e nove anos, Jorge sentia-se velho de mais para se preocupar com o que quer que fosse, quanto mais com política. Por ele, Cuba podia apodrecer vermelha, rosa ou às pintas que tanto se lhe dava. Já não havia nada neste mundo que Jorge ambicionasse, a não ser, claro, ver Luz María feliz, nem que para isso ela tivesse de partir, definitivamente.

Foi caminhando rua fora sem pressas, indiferente ao fedor dos contentores do lixo a deitar por fora, impávido perante as casas a descascar ao sol e ao alcatrão ralo que mostrava as entranhas através de crateras espantosas, abertas à força pelas primeiras chuvas de Maio. Mais logo, por volta das quatro, deveria chover. Seria um chuveiro divino e a torneira só se fecharia ao extinguir da madrugada seguinte. Acontecia sempre da mesma maneira, de modo que naquele dia não seria diferente.

Mas agora ainda não havia uma nuvem e o sol queimava sem contemplações. A caminho do seu jornal, Jorge sentiu-se mal. *Diabo!*, pensou, *esqueci-me do chapéu.* Achou que era uma quebra de tensão devido ao calor. Sentiu-se a desmaiar e cambaleou até à protecção de um dos postes de madeira tosca que desfeavam a rua com a inacreditável confusão de fios eléctricos, cruzados por cima da estrada sem obedecerem a qualquer padrão minimamente compreensível. Nisso Havana era muito parecida com qualquer outra cidade centro ou sul-americana. A bandalheira das companhias de electricidade não conhecia fronteiras nem políticas naquela parte do mundo.

Jorge encostou-se ao poste e deixou-se escorregar, sem força nas pernas. Ficou sentado a lutar consigo para não perder os sentidos. Olhou em redor e não viu ninguém que o acudisse. A visão, turva, impediu-o de reconhecer a sua rua de sempre. Foi tomado por um ataque de pânico. Suava abundantemente e respirava pela boca para absorver o ar quente e pegajoso.

— Sente-se bem, senhor? — ouviu alguém perguntar atrás de si. Jorge espreitou por cima do ombro e encarou com espanto uma rapariguinha dos seus doze anos, fardada com a saia cor de mostarda, a camisa branca e o lenço vermelho, dos *pioneros*. Não foi capaz de falar. A jovem abaixou-se. Jorge fixou os olhos lacrimosos nos da rapariga, certo de que ela estava à espera de uma resposta, mas as palavras não lhe saíram da boca. «Quer que chame alguém?» perguntou ela. Olhou-a confuso.

— Precisa de ajuda? — insistiu a menina.

— Não — conseguiu dizer. — Só preciso de descansar um bocadinho.

— Quer que fique aqui consigo?

— Deixa estar, obrigado.

Rejeitou a ajuda por vergonha, vergonha do seu corpo velho. Finalmente traíra-o. Há quanto tempo é que Jorge esperava que algo assim acontecesse? Sabia que um dia acabaria por lhe acontecer. Até agora a vida tinha sido benévola com ele. Nem uma constipação. Nada. Apenas os pequenos achaques do corpo a dar de si por causa do desgaste natural da idade.

— Posso ir? — preocupou-se a menina. — De certeza?

— Podes — disse Jorge. — Já estou melhor. Ajuda só este velho a pôr-se em pé. — Ela assim o fez. Depois partiu, deixando-o outra vez entregue a si próprio.

Que humilhação, pensou Jorge, derrotado, *que humilhação*.

Desistiu de comprar o jornal e voltou para trás. Atravessou a rua novamente e rumou a casa num passo incerto. Atingiu um canteiro raso de relva amarela e peladas castanhas e passou-lhe por cima para chegar ao passeio. Por cada metro que percorreu em direcção a casa, mais teve a sensação enganadora de se aproximar da segurança. Mas nunca chegaria a casa.

Mariela saiu de debaixo do telheiro do tanque de lavar roupa, nas traseiras de casa, e transportou à ilharga um alguidar até ao centro do quintal. Pousou-o no chão e começou a estender a roupa branca na corda, servindo-se das molas enfiadas no bolso da frente do avental para prender os lençóis. Cumpria o ritual de sábado. Mudava a roupa das camas, lavava-a e estendia-a. Outras mulheres diriam que era uma tarefa detestável, Mariela não. Sabia apreciar os seus momentos de solidão. Ia lá para fora, punha-se a lavar a roupa à mão e assim passava uma ou duas horas com a mente a vadiar por sonhos antigos. Gostava de pensar nos pais, velhinhos, que, segundo lhe diziam as cartas de Miami, continuavam a agarrar-se heroicamente à vida. Mariela sonhava com o dia improvável em que iria abraçar novamente as duas irmãs mais novas, os três irmãos mais velhos, os cunhados e as cunhadas que só conhecia das fotografias, bem como um batalhão de sobrinhos, entretanto nascidos nos Estados Unidos. Alguns deles já tinham, por sua vez, casado e tido filhos. Durante décadas, ela acompanhara o seu crescimento por correspondência e, ocasionalmente, falara ao telefone com todos.

Não pensava nestas coisas com lágrimas. Optimista por natureza, fazia um sorriso sem dar por isso enquanto se mantinha ocupada com a roupa, entretida a imaginar como seria o reencontro. Mariela confiava em Deus e tinha a certeza absoluta de que um dia ele iria concretizar-se.

A determinada altura, havia ponderado com Jorge a possibilidade de pedir o passaporte para visitar a família em Miami. Mas depressa desistiu da ideia, avisada pelo marido de que não só não conseguiria o que pretendia como se arriscaria a arranjar problemas para o resto da vida. Os cubanos não iam a Miami fazer visitas, iam e nunca mais voltavam. As autoridades consideravam-nos traidores, punham-lhes o rótulo de desertores e incomodavam os familiares que ficavam, porque não havia nada que os convencesse de que não tinham sido cúmplices na fuga. Em todo o caso, só se conseguia sair da ilha numa jangada clandestina e Mariela já não estava em idade para tanto.

Luz María chegou por volta das nove à redacção e foi surpreendida por uma grande notícia. O editor mandou-a chamar ao seu gabinete.

— Entra — disse, sem levantar os olhos do que estava a fazer. — Senta-te aí — indicou-lhe com um gesto vago uma cadeira frente à secretária. Luz María sentou-se com as mãos em cima dos joelhos. *O que é que eu terei feito de errado?* perguntou-se, preocupada, enquanto o editor se mantinha mergulhado nos papéis. — Luz María...

— Sim, chefe?

— Há quanto tempo estás tu no *Granma?*

— Dois anos, mais ou menos.

— Hum... A tua reportagem da explosão no Mélia foi muito boa. — *Uau!,* espantou-se ela, *um elogio.*

— Obrigada.

— Sabes que cheguei a duvidar que desses uma boa jornalista — disse. — Aquela tua notícia dos aviões deixou-me de pé atrás.

Luz María comprimiu os lábios e olhou para o tecto, fazendo a sua melhor cara de culpada.

— Foi ingenuidade de principiante — desculpou-se.

— Lá isso foi, lá isso foi... Bem, mas ouve, não te chamei aqui para falar das asneiras do passado, chamei-te por causa disto — levantou um papel com a mão direita, que Luz María não conseguiu perceber o que era.

— O que é isso, chefe?

— É um convite.

— Um convite?

— Exactamente. Já ouviste falar da Festa do *Avante?*

— Não — disse Luz María a abanar a cabeça.

— É uma festa organizada pelo Partido Comunista Português, todos os anos no início de Setembro.

— Ah, não sabia...

— E isto — voltou a levantar o papel — é um convite para uma delegação cubana participar na festa. Normalmente vão alguns artistas para mostrar o artesanato que se faz por cá e pouco mais. Mas este ano achou-se que valeria a pena enviar um jornalista para fazer a cobertura da festa. É que a nossa delegação vai ser um bocadinho maior, com alguns representantes do Ministério do Turismo. Vêm muitos portugueses a Cuba, sabes?

— Sei — disse Luz María, a imaginar a quem se referiria o chefe quando dizia «achou-se que valeria a pena enviar um jornalista». Quem seria o «achou-se?» O chefe não se deu ao trabalho de explicar.

— Bem — disse —, vais tu a fazer a reportagem.

— A Portugal?! — exclamou, de boca aberta, invadida por uma enorme excitação.

— Claro que é a Portugal. Partes no dia 1 de Setembro.

Saiu do gabinete do editor a pairar e foi sentar-se à sua mesa, em transe. Levou as mãos em concha à cara para esconder o sorriso que se lhe colara aos lábios. Naquele instante, Luz María já fazia contas à vida, abarcando as implicações daquela viagem caída do céu. Tinha esperado tanto tempo por aquela oportunidade que ainda lhe parecia irreal. Nem teve tempo para pensar nos perigos que iria enfrentar.

— O que é que se passa, Luz María? — perguntou uma Alicia intrigada com a alegria evidente da amiga.

— Vou a Portugal, à festa do *Avante!* — anunciou Luz María, radiante, levantando os braços triunfantes.

— À festa de quem?

O telefone tocou na secretária de Luz María.

— Espera — disse, atendendo. — Está? Sim, sou eu. — Fez-se um silêncio demorado, pesado, enquanto o rosto dela se transmutava de um sorriso deslumbrante para o desespero mais profundo.

— O que foi, Luz? — afligiu-se Alicia, vendo-a pálida. Ela não a ouviu.

— Quando é que isso aconteceu? — perguntou, ao telefone, cheia de lágrimas. — Está bem — disse, com a voz embargada de emoção —, vou já para aí.

Sensivelmente à mesma hora em que Luz María entrava no gabinete do seu editor, o pai dela caminhava titubeante em direcção a casa. Mais uns metros e poderia descansar no sofá da sala, pensou Jorge Torrado. Nesse instante, foi acometido por uma dor dilacerante no peito. Levou a mão ao coração, sentindo-se como se estivesse a ser esmagado por uma pressão terrível que irradiava pelo pescoço e pelo maxilar. Quando o coração de Jorge parou, a circulação de sangue para o cérebro deixou de se fazer e, sem oxigénio, ele começou a perder a capacidade de raciocinar e a visão. As pernas abateram-se sem força, Jorge caiu a direito no chão e rolou sobre si, ficando de barriga para cima. Viu pela última vez o céu azul deslumbrante descer sob uma noite escura, impenetrável, e ainda imaginou que gritava «Mariela!» mas na realidade não saiu nenhum som da sua boca. Depois morreu.

Uma vizinha, amiga de muitos anos, irrompeu casa adentro aos gritos por Mariela. Os ecos da urgência surpreenderam-na a estender a roupa no quintal. Sentiu um pânico súbito, apercebendo-se imediatamente pela agitação da vizinha que tinha havido uma tragédia. Deixou cair um lençol branco no chão de terra e correu ao encontro dela, gritando também que estava ali.

— O que foi, mulher?! — perguntou, assustada com a expressão da outra.

— Ai, vizinha — gemeu ela —, foi o seu marido, pobrezinho.

— O que é que tem o meu marido?! — gritou desesperada. — Onde é que ele está?!

— Está lá fora, no passeio.

Mariela correu sem ver, com as pernas a tremer, sabendo já por instinto o que tinha acontecido, rezando para que Deus lhe concedesse apenas a graça de falar uma última vez com o amor da sua vida. Saiu de casa como louca e só parou, escandalizada, ao vê-lo prostrado no meio do passeio uns metros mais à frente. Levou a mão à boca, perturbada, e percorreu o resto do caminho em passos rápidos, mas já sem correr, pois compreendeu que não chegara a tempo. Algumas pessoas que se tinham juntado ali, alertadas pelos gritos da vizinha, afastaram-se, reverentes, à chegada de Mariela. Ela ajoelhou-se ao lado do marido, tomou-o nos braços e começou a embalá-lo com o mesmo carinho que os tinha unido sem um único percalço sério em trinta e oito anos de comunhão total. Apertou a cabeça dele contra o seu peito desolado e ficou ali a repetir o seu nome vezes sem conta, pensando que também a vida dela tinha acabado naquele passeio à porta de casa.

12

Jorge Torrado foi a enterrar no Cemitério de Colón, em Havana. Luz María passou o tempo todo agarrada ao braço da mãe, como uma menina, consumida pelo desgosto, inconsolável. Ao contrário de Mariela, que chorou em casa tudo o que tinha a chorar, Luz María foi-se abaixo, acusando o desgaste dos últimos meses. Algo dentro dela deu de si e Luz María sentiu que perdia o controlo das emoções. Tinha chegado a casa e fora sentar-se numa cadeira no canto do quarto, ao lado da cama onde jazia o corpo do pai, transportado para ali com muito cuidado pelos vizinhos impressionados com a morte ingrata do velho conhecido.

Luz María cruzou as pontas do seu casaquinho de lã, apertando os braços contra o peito como se tivesse frio. *Oh, paizinho,* falou com ele em pensamento, *logo agora que eu tive a minha oportunidade de concretizar o sonho de uma vida diferente... Eu estava a contar consigo para me ajudar, sabe? O que é que eu vou fazer sem si, paizinho?*

O pai estava morto, já não existia e, embora ela soubesse que aquilo haveria de acontecer um dia, não estava simplesmente preparada para aceitar esse facto inevitável. Desde pequena que Luz María falava sobre tudo com o pai. Gostava de tomar as suas próprias decisões, mas nunca decidia nada sem ouvir primeiro o pai. E, de repente, ele deixara de estar a seu lado e Luz María sentiu-se aflita perante o peso da responsabilidade.

Mariela compreendia a filha como ninguém. Sabendo perfeitamente o que ela estava a passar, secou as lágrimas mais cedo do que gostaria, foi sentar-se a seu lado e abraçou-a.

— Não te preocupes, minha querida — disse-lhe —, tu hás-de saber sempre o que deves fazer.

— Oh, Mamí — chorou Luz María, agarrando-se a ela, reconfortada por ver que a mãe era capaz de adivinhar o que lhe ia na alma. — Eu gostava tanto dele...

— Eu sei, filha, mas chegou a altura de tomares as tuas próprias decisões sem a ajuda de ninguém. E, neste momento, pode parecer-te o contrário, mas eu sei que estás preparada para isso.

— Hoje de manhã — disse, com os olhos fixos na parede por cima da cama, por cima do pai — ofereceram-me uma viagem a Portugal, para uma reportagem.

Mariela ouviu a notícia, entendendo o que a filha lhe estava a dizer, e sentiu o seu mundo ruir mais um pedaço. Mas ainda conseguiu ir buscar mais um bocadinho de coragem a um lado qualquer bem dentro de si para não sucumbir à tristeza.

— Vais ter muito tempo para te preocupares com isso — disse-lhe no seu tom prático do costume, dando-lhe uma palmadinha de ânimo nas costas da mão.

Luz María ficou espantada com a força interior da mãe perante uma situação difícil como aquela. Ela própria, que não era mulher de vacilar perante nada, sentia-se de rastos. Isto porque não lhe ocorreu que não era a primeira vez que a mãe passava pelo mesmo. Num passado longínquo, ainda antes de Luz María ter nascido, Mariela vira-se igualmente sozinha e desesperada, quando a família partira de Cuba e ela ficara para trás. Por experiência, Mariela teve a certeza de que, acontecesse o que acontecesse, sobreviveriam as duas. Em contrapartida, Luz María estava assustada com a perspectiva de partir e deixar a mãe sem ninguém. Como poderia fazê-lo? E como poderia ficar? Sentia-se chegada a um beco sem saída e era isso que a desesperava.

Depois havia Alex, sempre tão preocupado consigo próprio e nunca disponível para ouvir as preocupações dela. Alex parecia planar por cima do mundo, alheio a qualquer tipo de problema. Se ela o confrontava com algo que a incomodava, ele retorquia-lhe com a receita habitual: um sorriso complacente, uma piada ligeira e o seu gesto mágico com a mão a varrer o ar para afastar a preocupação. «Não penses mais nisso», dizia-lhe, no tom desconcertante de quem não estava para se chatear com nada. Por vezes, Luz María não se continha e explodia, exasperada com tanta indiferença, mas para Alex as irritações dela eram sempre «tempestades num copo de água». Bastava que as deixasse passar e pronto.

Apesar de tudo, Alex era o mais próximo que Luz María conhecia de uma paixão. Sabia agora que não o amava tanto quanto chegara a pensar, mas tinha-lhe um enorme carinho e não seria certamente de ânimo leve que acabaria tudo com ele para nunca mais o ver. Não, decididamente não seria fácil, porque não conseguiria esquecê-lo de um dia para o outro, sem olhar para trás.

Tudo junto foi demasiado para Luz María. Depois da angústia dos últimos meses, eis que num belo sábado ela saíra da cama para dar consigo noutro planeta. Nada do que ontem era certo, hoje era seguro.

E agora?! pensava, assustada, como é que iria juntar todas as pecinhas daquela confusão tremenda em que se tornara a sua vida e decidir o futuro?

Ficou ali a chorar em silêncio durante horas.

O cemitério de Colón ficava perto da praça da Revolução e do monumento a José Martí, o herói de Cuba. Ensimesmada no seu sofrimento, Luz María foi deixada em paz e poupada ao massacre das formalidades do funeral. Limitou-se a estar presente, debaixo da *asa* materna e acompanhada por Alex, observando a cena a desenrolar-se em frente aos seus olhos apáticos, inchados de tanto chorar. Talvez por instinto de autopreservação, alheou-se da cerimónia dolorosa, distraindo-se com os pormenores mais curiosos, observando os comportamentos de quem estava.

O enterro foi acompanhado por quase uma centena de pessoas. Alguns, poucos, amigos que frequentavam a casa dos Torrado, alguns colegas do *Granma*, incluindo o circunspecto editor de Luz María. *Se tu soubesses...* pensou ela, quase soltando uma gargalhada estridente quando ele foi todo pesaroso dar-lhe os pêsames, mas controlou-se, não fossem julgar que tinha enlouquecido de desgosto. Renata compareceu e manteve-se sempre por perto. Alicia também, claro, e praticamente todos os vizinhos que conviviam com eles há tantos anos na mesma rua. Luz María admirou-se de ver lá, respeitosas, tristes até, pessoas com quem, no passado, ela se lembrava de o pai ter sentido necessidade de se acautelar, para não lhe arranjarem problemas graves por causa de pequeninas invejas de bairro. Gente muitas vezes rancorosa e susceptível, capaz das piores vinganças, mas também gente estranhamente solidária quando a tragédia se abatia sobre a porta do lado. Eram produto de uma sociedade envenenada pela suspeita generalizada onde, por força de um sistema perverso, os cidadãos se vigiavam uns aos outros, fazendo na perfeição o sinistro trabalho da Polícia de Segurança do Estado.

Mas o que mais espantou Luz María foi a admiração que ele acabara por granjear entre a comunidade. No final, a simpatia natural de Jorge Torrado, o sorriso educado e uma palavra de apreço para aqueles com quem se cruzara durante anos no seu quotidiano simples acabara por conquistá-los a todos. Senão, como se justificaria a romagem da multidão à sua última morada?

Luz María sentiu-se emocionada e reconfortada por aquela derradeira homenagem ao pai. E foi esta manifestação de carinho de amigos e vizinhos, juntamente com o optimismo de ferro da mãe, que lhe deu alento para seguir em frente e ganhar coragem para tomar a decisão mais importante da sua vida.

13

Julho acabou na semana seguinte e Agosto passou a correr. Luz María ficou junto da mãe a convalescer da tristeza até se sentir suficientemente forte para sair à rua sem medo de vacilar perante o desafio que se propunha enfrentar. Finalmente, arrumou as ideias. Já era tarde de mais para recuar no seu projecto de fuga. Convenceu-se de que as coisas se tinham apenas complicado, de forma que teria simplesmente de resolver os problemas adicionais. Estava a tornar-se prática, como a mãe, pensava, à medida que se ia embrenhando na intriga que ganhava forma na sua cabeça. É que, de tanto pensar, aquilo ia tomando contornos de naturalidade. O que era bom, na medida em que lhe serviria para esbater o nervosismo que a poderia trair. Mas, outras vezes caía em si e assustava-se. Era tudo uma loucura. *Ainda acabo na prisão*, gritava uma voz dentro de si, imaginando o pior.

Teve tempo para arquitectar um plano consistente. Ponderou cuidadosamente todos os passos e reviu-os mentalmente até à exaustão, retirando uma ideia aqui, colocando outra ali, medindo as palavras exactas que deveria utilizar quando abordasse o chefe, antecipando as reacções do homem, evitando despertar-lhe a desconfiança latente, sabendo como era agastado por natureza. Preparou-se tanto quanto lhe era possível preparar-se, e só descansou quando se sentiu razoavelmente segura.

Mariela vestiu um luto comedido. Era pouco atreita a estados de espírito exagerados. Prezava o equilíbrio emocional e não via vantagem em alardear o desgosto na rua. Ninguém neste mundo amara tanto o seu marido como ela e o espanto de acordar de manhã e não o encontrar ao lado, ou de se virar distraída para a poltrona onde ele costumava ler o jornal e não o ver sentado, já eram sobressaltos mais que suficientes para lhe preencherem a alma de negro as várias horas do dia.

Nas primeiras duas semanas ainda foi difícil entrar-lhe na cabeça que ele tinha desaparecido, de facto. Via-se às voltas com a realidade, como se se tratasse de algo incrivelmente improvável, ao ponto de se ver obrigada a murmurar de si para si «é verdade, Mariela, ele morreu mesmo». O que tornava tudo tão inverosímil era a forma traiçoeira como a morte apanhara o marido, numa emboscada perfeita, sem um único sinal, sem o mais simples aviso. Luz María tinha comentado isso mesmo com ela: «É tão estranho, ele estava tão bem na noite anterior, nem sequer estava doente e, de repente, acontece-lhe isto...»

Mas Mariela, que nos piores momentos da tragédia pensara que não lhe seria possível viver sem Jorge, mudou rapidamente de atitude logo a seguir ao funeral. A morte do marido não seria apenas um incidente para arrumar no canto da memória. Claro que, sem ele, a existência de Mariela nunca mais seria a mesma, claro que ela se sentia espiritualmente empobrecida, mas a depressão da filha contribuiu para lhe dar alento. A necessidade de apoiar Luz María despertou-lhe o instinto maternal e fê-la compreender que não podia dar-se ao luxo de desistir da vida. De certo modo, acabaram por ajudar-se uma à outra. Luz María porque a fez sentir-se útil e Mariela porque encontrou um objectivo imediato que a distraiu da tristeza.

Luz María pôs o seu plano em marcha na última semana de Agosto. Em primeiro lugar, regressou ao jornal e foi falar com o editor. O chefe recebeu-a com uma gentileza invulgar. Foi estranho, até. Levantou-se do seu lugar quando Luz María entrou no gabinete, coisa que ela nunca o vira fazer. O chefe guardava as mesuras para os seus superiores e comportava-se como deus com todos os outros. Aparentemente, o luto de Luz María tocara-lhe num ponto sensível que ela não lhe conhecia. O que, de certo modo, lhe facilitou a tarefa que a trazia ali.

— Senta-te, senta-te — convidou-a, oferecendo-lhe uma cadeira e segurando-lhe o braço como se ela estivesse doente.

— Obrigada.

— Então, Luz María, como vão as coisas lá por casa? — perguntou ele, regressando à sua cadeira. — Difíceis, imagino...

— Tem sido muito difícil — confirmou ela. Vinha vestida de luto carregado e trazia a mesma expressão de enterro que ele lhe vira da última vez, no funeral do pai. Luz María estava decidida a recorrer a todos os expedientes necessários para impressionar o chefe e, com isso, tê-lo na mão. Não era altura para se deter com pruridos morais. O pai, tinha a certeza, teria sido o primeiro a concordar com o que ela estava a fazer. Ao menos, que a morte dele servisse para ajudar a filha a ser feliz. Não seria um pensamento bonito, mas era mesmo assim.

— Pois é, pois é — murmurou o chefe, fechando momentaneamente os olhos e juntando as mãos como se estivesse a rezar.

— Mas ouve, Luz María, agora o importante é retomares a tua vida. Tu ainda és muito jovem e o trabalho vai ajudar-te a recuperar dessa tristeza. Para a semana tens aquela viagem a Portugal, não desististe de ir, pois não?

— Olhe, é por isso mesmo que eu venho falar consigo.

A expressão do editor registou imediatamente uma transformação pouco subtil. Entrou em alerta.

— Então, diz lá — disse, já a imaginar as explicações a dar, a burocracia toda e mais uma data de aborrecimentos que a desistência de Luz María acarretaria.

— Eu não quero ir, chefe. Ou melhor, eu quero ir mas não posso.

— Explica-me lá isso, Luz María, a ver se conseguimos resolver o problema.

— Não conseguimos, chefe. É a minha mãe, coitadinha, está muito em baixo.

— Ah — suspirou —, a tua mãe...

— Pois é, chefe. Sabe como estas coisas são, ainda é muito cedo para deixá-la sozinha. Eu não posso fazer isso, de maneira nenhuma. Eu até estou a pensar levá-la a qualquer lado para a tirar lá de casa, nem que seja por uma semana, para ela espairecer.

— Mas ouve, Luz María, a tua mãe não tem ninguém de família com quem possa ficar? Afinal de contas, não vai ser por muito tempo.

— Não tem — abanou a cabeça, pesarosa.

— A tua mãe não tem irmãos, pois não?

— Não, chefe — mentiu mais um bocadinho.

O editor via as ideias começarem a esgotar-se e pensava no problema que seria substituir Luz María à última da hora. Arranjar jornalista não era difícil, o problema era explicar ao director porque é que não previra aquilo mais cedo. Este assunto ia certamente arranjar-lhe uma série de chatices. E ele não gostava de chatices.

— Bem — disse, contrariado —, e se levasses a tua mãe contigo?

— A Portugal?! — exclamou Luz María, fazendo-se espantada.

— Sim, tu não disseste que a querias tirar uns dias de casa?

— Disse, mas...

— Então? É uma boa oportunidade. Claro que ela teria de pagar a viagem, mas eu posso mexer uns cordelinhos para lhe arranjar um lugar no avião a preço baixo.

— Não sei, chefe — fez-se difícil.

— Aproveita, Luz María — insistiu, pensando que a convencia.

— Tenho de falar com a minha mãe primeiro.

— Faz isso, Luz María, faz isso.

Luz María chegou à rua e quase deu pulos de alegria. Pela primeira vez desde a morte do pai, sentiu-se feliz. O estratagema funcionara na perfeição. E o mais espantoso é que nem tivera de ser ela a sugerir a hipótese de levar a mãe. Isso Luz María não previra, de maneira nenhuma. Imaginara uma longa conversa para convencer o chefe e vira-o muitas vezes em pensamentos a torcer o nariz à ideia. E afinal ele é que se esforçara por convencê-la. Tinha sido, simplesmente, glorioso!

Foi então para casa, dar o segundo passo do seu plano.

Durante aquele tempo todo, não dissera uma palavra à mãe sobre o que andava a magicar. Achara desnecessário. Há muito que decidira não partir se não pudesse levar a mãe com ela. Seria um sacrifício, mas pior seria o tormento de sabê-la sozinha e não poder voltar a vê-la. Luz María teria permanecido em Cuba enquanto a mãe fosse viva, demorasse os anos que demorasse.

A conversa com a mãe foi igualmente fácil e, de novo, mais fácil do que ela pensara. Sentaram-se na sala. Luz María envolveu-lhe as mãos com as suas e pediu-lhe que a ouvisse com muita atenção.

— O que foi, Luz María? — inquietou-se a mãe. — Estás a assustar-me.

— Não se assuste — sossegou-a. — Não há motivo para isso.

— Então, filha, o que é que se passa?

— Eu vou para Portugal daqui a uma semana, Mamí, e não volto. — Luz María viu a angústia assaltar a mãe. — Calma, Mamí — disse. — Eu quero que venha comigo.

— Queres? — espantou-se. — E como é que isso é possível?

— Eu já lhe explico. Primeiro quero saber se está disposta a deixar Cuba, sabendo que nunca mais vai poder voltar.

— Claro, filha — disse Mariela —, o que me interessa é estar junto de ti. — E Luz María sentiu as lágrimas assomarem-lhe aos olhos, de alívio.

Contou-lhe a conversa com o chefe e explicou-lhe detalhadamente como tudo se iria passar. Chamou-lhe a atenção para a necessidade absoluta de serem discretas, de não dizerem nada a ninguém e de nem sequer poderem levar uma mala maior do que seria normal para uma viagem de uma semana, para não se traírem. Repisou a recomendação para que não se despedisse de uma única pessoa, por mais doloroso que isso pudesse ser e insistiu nesse ponto até Mariela a interromper com o despacho que lhe era característico.

— Já percebi, Luz María — impacientou-se —, e mais?

Luz María sorriu e fechou os olhos por um segundo, tomando consciência de que estava mais nervosa do que a mãe.

— Há mais uma coisa... — respirou fundo.

— O que é?

— Estou grávida.

14

Nos últimos tempos, Alex Cristobal começara a ter problemas com os companheiros da orquestra. Ainda não acontecera desde que estava no *El Bodeguero*, talvez por se tratar de um grupo de músicos jovens, mais interessados em divertirem-se do que em disputar a liderança da orquestra. Aliás, sendo Alex o mais velho do grupo, assumira o comando com naturalidade. Mas, com o tempo, ele tinha vindo a tornar a relação com os outros onze colegas cada vez mais difícil. Manobrava os espectáculos a seu favor, falava ao público como se aquela fosse a *sua* orquestra e não a orquestra de todos, queria à força as luzes todas para si. Começaram a surgir discussões. Alex embirrava com os companheiros, um por um, censurando-os por coisinhas de nada, que mais não eram do que resistências dos outros à sua sede de protagonismo.

Alex andava irritado e Luz María não escapava ao seu mau humor. Em última instância, era nela que descarregava as frustrações. Chegou mesmo a tratá-la mal, uma sexta-feira, no intervalo do concerto. Disse-lhe que estava com problemas e que não tinha disponibilidade para ela. Ofendeu-a com o seu desprezo.

Dias mais tarde, disse a Renata, no mesmo local, que estava cansado de Luz María.

— Ela é muito absorvente, sabes?

— Não, não sei — retorquiu Renata, escandalizada. Luz María tinha-se tornado uma boa amiga e Renata não gostou de ouvir Alex referir-se a ela como se fosse descartável. Estavam sentados a uma mesa e Renata achou ainda mais ultrajante o facto de ele lhe dizer aquilo como um desabafo que ela deveria entender, enquanto Luz María ia à casa de banho.

— Renata — disse —, vê se percebes, eu gosto muito da Luz María, mas ela exige de mais de mim.

— Estás a falar de amor, é isso? Estás a dizer que ela precisa de atenção e que não percebe por que é que tu a ignoras?

— Eu não a ignoro — respondeu, ofendido.

— Ai, ignoras, ignoras, que eu já vi. Ela vem ter contigo e tu estás tão ocupado com o teu sucesso, com os teus amigos, com as tuas fãs, que nem tens tempo para ela! — Nesta altura Renata já estava quase aos gritos, exasperada com Alex. Ele era o seu querido amigo, mas às vezes conseguia ser detestável. Renata já assistira no passado à forma desprezível como Alex se desfazia das mulheres que deixavam de o interessar. Ela própria resistira em tempos a uma atracçãozinha por ele que, se não fora de amor, tinha sido pelo menos sexual. Mas Renata era uma mulher adulta e avisada, e pusera travões às fantasias antes de começar a correr em direcção ao abismo.

No caso de Luz María, porém, Renata chegara a acreditar que havia algo de especial. Pensara que ele ganhara juízo. Mas não, pelos vistos não.

Renata nunca contou esta conversa a Luz María. A lealdade a Alex não a impediria de o fazer, a certeza de que causaria um grande desgosto à amiga, sim.

Aproveitaram uma segunda-feira, que era a folga de Alex, para um jantar íntimo num dos muitos *paladares*, os restaurantes privados, semicaseiros, em *la Habana Vieja,* que só tinham uma dúzia de lugares, ou menos. Alex ainda resistira, desculpando-se com o cansaço, mas Luz María insistira e ele acabara por ceder. Agora estava ali mas não estava, sentado à frente dela. Comeram a sopa praticamente em silêncio. Quem os visse diria que eram casados, um daqueles casais que já não têm nada de novo para dizer um ao outro. À sobremesa, porém, Luz María arrancou-o ao letargo quase insultuoso com um susto dos grandes.

Chegou-se à frente, colocou o cotovelo na mesa e apoiou o queixo na palma da mão.

— O que é que tu me dizias — perguntou num tom banal — se eu estivesse grávida?

Alex abriu muito uns olhos assustados, que não escaparam a Luz María, e gaguejou, infeliz:

— Se tu estivesses grávida? — repetiu, quase a implorar. — Mas... mas tu não estás, pois não?

— Não! — sacudiu a preocupação dele com um gesto vago. — Mas, se estivesse, o que é que tu dizias?

— O que é que eu dizia, o que é que eu dizia — encolheu os ombros, incomodado —, sei lá!

— Sabes lá?!

— Sim, quero dizer, não seria propriamente a melhor notícia que me podias dar, pois não?

— Estou a ver que não — retorquiu Luz María, fria, chegando-se para trás na cadeira e atirando o guardanapo para a mesa, sem esconder a tristeza por mais uma desilusão. Alex chegou-se por sua vez à frente, atraído a ela por um sentimento de culpa.

— Ouve, Luz — desculpou-se —, eu só estou a dizer que não seria muito bom para nós que...

— Porquê?! — interrompeu-o, furiosa.

— Olha, porque eu não estou preparado para isso.

— Então? — abriu os braços, exasperada —, pedias-me para abortar, era isso?

— Bem — coçou a cabeça —, se tu estivesses de acordo...

— E se eu não estivesse? — continuou Luz María, agressiva.

— Se não estivesses? Sei lá! — retorquiu ele, também agressivo, na defensiva. A conversa não lhe interessava. — Que conversa mais estúpida — rosnou.

— Estúpida?! Para ti, tudo o que não te interessa é estúpido.

— Luz María — disse —, tencionas ter um filho?

— Teu não, obrigada.

— Então, óptimo, muda lá de assunto e deixa-me em paz.

Luz María não ficara propriamente surpreendida com a reacção de Alex. Ele nem sequer conseguira disfarçar a aflição. Admitira que preferiria que ela abortasse a ter um filho que *ele* não desejava, dissera que não seria uma boa notícia para *ele*, deixara bem claro que *ele* não estava preparado para ser pai e encerrara o assunto com chave de ouro: *ele* achava a conversa uma estupidez. Ele, ele, ele! Ah, o egoísmo de Alex irritava-a cada vez mais.

Claro que a conversa não havia sido inocente. Luz María não levantara o tema da eventual gravidez por acaso. Estava *atrasada* pelo menos duas semanas e começava a ficar preocupada. Logo ela, que era um relógio...

Na realidade, Luz María até insistira em jantar fora só para o encurralar com o assunto. Tivera uma secreta esperança de que Alex a surpreendesse pela positiva, em vão.

O pai morreu-lhe no sábado seguinte. E, nesses dias de profundo desgosto, Alex não lhe regateou o carinho. Ficou ao lado de Luz María permanentemente. Apesar de tudo, gostava dela como nunca gostara de outra e ficava doente por vê-la de rastos.

Distraída pela tristeza, ela esqueceu-se provisoriamente do problema da eventual gravidez. Quando começou a vomitar pensou que era por se sentir deprimida e fragilizada. Mas tanto enjoo também já era de mais e Luz María compreendeu que não podia continuar a adiar a certeza, por muito que isso a afligisse.

Acabou por ser um alívio. A partir do momento em que ficou a saber a verdade, Luz María passou a encarar a sua gravidez como uma bênção.

Não disse nada a Alex. *Para quê?*, pensou. Era melhor assim. Ao contrário dela, Alex não queria a criança e Luz María partiria em breve. Agora já nem se atrevia a imaginar a hipótese de não conseguir levar a mãe consigo e, por causa disso, ver-se obrigada a ficar. Compenetrou-se de que, simplesmente, não poderia falhar.

Um dia antes de partir, Luz María almoçou com Renata no jardim. As sandes do costume e a despedida do costume. Mais tarde, no jornal, disse adeus a Alicia sem vestígios de saudades antecipadas. Não disse a verdade a nenhuma delas. O que elas não soubessem não lhes poderia fazer mal. Acabariam por ser visitadas pelos agentes da Segurança do Estado e nem teriam de fingir o seu espanto. Seriam genuinamente sinceras e seriam deixadas em paz. Luz María acreditava que elas saberiam interpretar correctamente o seu silêncio.

Mariela arrumou a casa escrupulosamente. «Não quero que pensem que sou desmazelada quando vierem voltar isto tudo do avesso», disse a Luz María. Explodiram as duas numa gargalhada contagiante, sem conseguirem dominar a vontade de rir. Partiam dali a poucas horas e os nervos estavam a dar cabo delas. Fez-lhes bem rir. Foram deitar-se com a certeza de que não conseguiriam dormir. Levantaram-se muito cedo e ouviram Alex a bater-lhes à porta ainda antes de terem tido oportunidade de tomar banho. Alex fizera questão de as levar ao aeroporto no seu próprio carro. Um luxo, mas ele insistira.

O aeroporto internacional José Martí não passava de um hangar melhorado. O *átrio* de Havana deixava bastante a desejar. Estava ao nível de um aeródromo razoável de qualquer cidadezinha europeia de província e não era propriamente um bom sinal para os turistas que demandavam a ilha para umas férias de praia com todos os luxos.

Luz María e Mariela juntaram-se à comitiva e entregaram as bagagens. Pouco antes da chamada, Alex puxou Luz María para um canto. Agarrou-lhe as duas mãos e aproximou-a até ficarem bem juntinhos, cara com cara.

— Nervosa?

— Um bocadinho — admitiu ela, pensando que Alex se referia ao facto de viajar de avião pela primeira vez.

— Olha, Luz — disse —, eu sei que nem sempre correspondi às tuas expectativas.

— Não, Alex, eu...

— Espera — obrigou-a a parar. — Ouve o que eu tenho a dizer. Eu sei que às vezes sou egoísta e não mereço o teu amor. Mas quero que saibas que gosto muito de ti.

— Eu sei... — disse Luz María, comovida.

— Espero que corra tudo bem em Portugal.

— Vai correr.

— É uma pena eu não ter uma digressão pela Europa. Podia ir visitar-te. Talvez um dia, quem sabe...

— Alex — retorquiu, admirada —, é só uma semana!

— Sim — piscou-lhe o olho —, mas vai ser uma semana *muuuito* comprida — arrastou a voz em tom brincalhão.

— Alex, eu...

— Luz — interrompeu-a mais uma vez. — Não precisas de me dizer nada. Eu percebo, a sério. Faz o que tens a fazer. Desejo-te a melhor sorte do mundo.

— Obrigada — murmurou Luz María.

— Agora vou-me embora, porque não gosto nada de despedidas, está bem?

— Está...

Alex acenou a Mariela, que levou a mão aos lábios e atirou-lhe de longe um beijo e um sorriso. Depois ele virou as costas e partiu.

Luz María tapou a boca com a mão, emocionada, com os olhos enevoados de lágrimas a registarem uma derradeira visão de Alex Cristobal, de costas, afastando-se rapidamente com passadas seguras. Não pôde deixar de reparar numa estrangeira, loura, que se voltou à passagem dele, puxando o braço da amiga e apontando-o com um aceno de cabeça silencioso que dizia tudo.

Passaram à sala de embarque. Luz María foi sentar-se na ponta de um banco corrido a secar as lágrimas e a perguntar-se como é que Alex podia ter percebido o que ela estava a fazer. Vendo-a perturbada, Mariela sentou-se ao lado da filha.

— Então, minha menina — brincou com ela —, eras tu que me dizias para não darmos nas vistas, hã?

— Tem razão, Mamí, tem razão — penitenciou-se. — A partir de agora vou portar-me bem — disse, a limpar os olhos molhados com as costas da mão.

— Luz María Torrado? — ouviu uma voz chamá-la.

— Sim? — olhou para cima.

— A senhora está bem? — perguntou o funcionário.

— Sim, sim — abanou nervosamente a cabeça. — Estou óptima.

— Ah, muito bem. Não se importa de me acompanhar por uns momentos?

— Porquê? — O coração de Luz María começou a correr. — Há algum problema?

— Não — disse o funcionário, impávido —, é só uma formalidade.

15

A divisão era fria e arrepiante como uma sala de interrogatórios policiais. Luz María sentiu a cabeça a andar à roda. *Apanharam-me*, pensou aflita. Havia apenas uma mesa e duas cadeiras. As paredes eram cinzento-claras e vazias, o chão, de pedra, branco sujo. Fizeram-na esperar uns dez minutos eternos.

O homem entrou com um *dossier* na mão e indicou uma das cadeiras a Luz María, sem dizer palavra. Sentou-se também. Abriu o *dossier* à sua frente e fingiu que lia um documento. Usava uma camisa clara, de manga curta, por fora das calças de flanela. Um polícia à paisana, deduziu ela.

— Por que é que vai a Portugal, senhora... — consultou o papel — Luz María Torrado Peña?

— Vou em trabalho. Sou jornalista do *Granma* e vou à festa do Partido Comunista Português. Há algum problema?

— Por que é que vai acompanhada pela sua mãe? — continuou o homem, sem se dar ao trabalho de a elucidar.

— Porque o meu pai morreu há pouco tempo e pensei que seria bom para a minha mãe aproveitar esta oportunidade para estar fora uns dias.

— É um pouco irregular, levar a sua mãe para uma missão de trabalho, não lhe parece?

— Desculpe, mas... — foi a vez de ela não lhe responder — quem é o senhor? Importa-se de me dizer por que é que me está a interrogar?

— Segurança do Estado — disse ele, seco.

— Ah — fez Luz María. — Olhe, eu trabalho no *Granma*, como lhe disse. A ideia de trazer a minha mãe foi do meu editor. Se não acredita em mim pode telefonar-lhe a confirmar.

— Não é necessário — decidiu o homem, depois de pensar um pouco na proposta dela, olhando-a fixamente nos olhos, investigando-lhe a alma. Fechou o *dossier*. — Está tudo bem. Pode ir. Faça boa viagem.

Mariela também teve o seu interrogatório e foi ainda mais convincente. Desempenhou na perfeição o seu papel de viúva inconsolável, o que, aliás, não lhe foi nada difícil, e deixaram-na em paz.

Luz María respirou de alívio quando viu a mãe regressar à sala de embarque, sorridente. Se houve uma coisa que ela descobriu nessa época, foi que a mãe era uma mulher extraordinariamente corajosa. Mariela não se ia abaixo com pouco e provou-o repetidas vezes.

O resto da comitiva já se encaminhara para o avião.

— Vamos? — disse Mariela, sem mostrar a menor perturbação.

— Vamos.

As asas do avião inclinaram-se para a esquerda e o aparelho fez uma curva acentuada por cima de Lisboa, alinhando-se com a pista de aterragem ao sobrevoar a ponte 25 de Abril. Luz María espreitou pela janela, absolutamente siderada com a dimensão da ponte e a beleza da cidade virada para o rio. Estava um dia bonito, de visibilidade total. Lisboa apresentava-se luminosa como uma daquelas fotografias de postal, perfeitas de mais para serem verdadeiras. Lá em baixo, pequenos barcos à vela cruzavam-se com navios enormes, mas, vistos do avião, todos eles pareciam de brincar. O rio Tejo era uma montra de espelhos com mil e um reflexos prateados. O aparelho sobrevoou a cidade, descendo à medida que se fazia à pista, dando a sensação aflitiva de que iria chocar com os prédios.

Luz María colou o nariz à janela, fascinada como uma criança. Lisboa, a seus pés, com vida própria. Viu os automóveis, os autocarros e as pessoas nas ruas, os prédios altos, os jardins, os estádios monumentais, uma via rápida e, finalmente, o aeroporto, que surgiu de repente, descansando os espíritos inquietos dos passageiros que visitavam Lisboa pela primeira vez.

As rodas do aparelho tocaram com estrondo na pista, provocando um último sobressalto aos passageiros. Depois Luz María sorriu, achando-se uma idiota por se sentir agradecida por ter sobrevivido à sua primeira viagem de avião. Olhou para a mãe e Mariela sorriu-lhe, compreensiva. Estava na mesma situação.

O tamanho do aeroporto da Portela impressionou-a. Luz María começava a aperceber-se do abismo que havia entre a sua ilha e a Europa. Bastou-lhe recordar-se da gare pobrezinha do aeroporto de Havana.

As formalidades no aeroporto processaram-se razoavelmente depressa. A comitiva juntou-se em redor do tapete rolante. Dali a uns minutos começaram a surgir as malas e cada um recolheu a sua bagagem.

Foram conduzidos para um autocarro que os levaria ao hotel. Luz María sentou-se num lugar à janela e deixou-se estar a observar o bulício da tarde no exterior do aeroporto. As pessoas traziam as malas em carrinhos e entravam na fila dos táxis. De Lisboa, ela sabia muito pouco, de modo que as próximas horas prometiam algumas surpresas.

Dois homens de aspecto sombrio subiram para o autocarro em último lugar. Um deles era baixo mas com umas costas tão largas que mal passava nas portas. Percorreu o corredor, apontando para cada lugar com um dedo indicador invulgarmente grosso e foi repetindo os números em voz baixa, à medida que contava os passageiros com uma agilidade néscia. Chegado aos últimos bancos, virou-se e fez sinal com a cabeça ao companheiro que ficara de pé junto à porta da frente. Este, por sua vez, disse ao motorista que podiam partir. O segundo homem era alto como um jogador de basquetebol e tinha uma cicatriz feia na face. Era fácil adivinhar que já entrara em muitas lutas e carregava as marcas de um passado obscuro. Falavam pouco, os dois homens. Tinham-se apresentado como funcionários do Ministério da Cultura cubano. Mas Luz María sabia quem eles eram. Segurança do Estado.

PARTE DOIS

16

Lourenço Brasão desligou a televisão no final do jornal das 13h00 daquele dia 1 de Setembro de 1997, ainda incrédulo com o que acabara de saber. Era domingo e dormira até tarde. A noite anterior começara com um jantar num restaurante pacato em Alcântara, com amigos, seguido de uma passagem pela *Kapital* que se prolongara até às três da manhã.

Há coisa de um mês tinha reencontrado Isabel Laureano, ex--colega de faculdade e ex-namorada, naquela mesma discoteca. Ficara a olhar para ela, hipnotizado. Há quanto tempo é que não a via? Há anos! *Caramba, como o tempo passa*, pensou ao revê-la, acompanhada por um homem que ele não conhecia.

— Namorado? — perguntou-lhe ao ouvido.

— Nããã — disse ela a rir-se. — Sabes bem que eu só tive um namorado na vida. Os outros são apenas acidentes de percurso.

Lourenço riu com ela. Não disse, mas adorou o cumprimento. Sentiu-se lisonjeado.

— E tu? — perguntou Isabel.

— Eu, o quê?

— Tens namorada?

— Nããã — retribuiu-lhe a simpatia. — Eu também só tive uma namorada na vida. As outras não contam.

Isabel voltou para junto do amigo, mas antes combinaram jantar em breve. Trocaram números de telefone. Agora Isabel vivia sozinha e o número de Lourenço, que ela ainda sabia de cor, estava desactualizado.

No domingo Lourenço saiu da cama a sentir a cabeça invulgarmente pesada e arrastou os chinelos até ao sofá da sala, fazendo uma breve passagem pela cozinha numa tentativa falhada de preparar o pequeno-almoço. O seu frigorífico era uma desolação. Encontrou um pacote de bolachas de água e sal e foi para a sala a mastigar. Sentou-se no seu velho sofá de dois lugares e dedicou-se à exploração do costume, enfiando as mãos entre as almofadas, pesquisando as entranhas do sofá à procura do comando da televisão. Quando o encontrou já estava pior que estragado. Não havia maior frustração do que sentar-se à frente do televisor para ver o telejornal e só o conseguir ligar depois de ter terminado a primeira notícia, a mais importante. Mas hoje só havia *a* notícia.

Lourenço ficou especado a ver as imagens da noite anterior e a ouvir o relato pormenorizado do que se passara. *«C'um caraças!»*, murmurou, estupefacto com o acontecimento que estava a emocionar o mundo.

Pensou, acertadamente, que havia ali matéria para encher os telejornais, revistas e jornais dos próximos dias. *Dias? Que disparate, semanas!* Na noite anterior, a princesa Diana de Gales e o namorado, Dodi Fayed, tinham morrido num desastre de viação em Paris. Aparentemente, uma perseguição movida pelos *paparazzi* tinha acabado em despiste. O *Mercedes* em que seguia a princesa despistara-se no interior do túnel de Alma e fora desfazer-se contra um pilar, provocando a morte de *Lady* Di, do namorado e do condutor. O quarto passageiro, um guarda-costas do casal, encontrava-se hospitalizado a lutar pela vida. Por ironia, era este último que ocupava o lugar do morto. Lourenço foi tomar um duche irritado com a má sorte de uma notícia tão bombástica ter calhado logo num dia em que ele estava de folga.

Sem saber o que fazer com o tempo livre, ficou de toalha enrolada, hesitante à frente do guarda-fatos, a pensar na roupa mais adequada. Talvez umas *jeans* e uma camisola leve. *Não, vou mas é dar um salto à praia*, decidiu. Enfiou um fato de banho, calções, camisola e sapatos de ténis.

O bairro de Campo de Ourique ao domingo era uma maravilha. Nada de trânsito, estacionamento com fartura e passeios desertos.

Lourenço foi ao café da frente comer um bolo e tomar uma bica. Quando entrou ninguém lhe deu atenção, nem mesmo o dono do estabelecimento. As cabeças estavam todas voltadas para cima e os olhos colados ao televisor colocado num suporte com braço móvel aplicado na parede. Acompanhavam uma emissão especial sobre a morte da princesa.

Lourenço encostou-se ao balcão. Do outro lado, o dono do café embasbacava de cotovelo no balcão e o queixo na palma da mão. Era uma daquelas pessoas sem idade definida, que tanto poderia ter quarenta e cinco como sessenta. Lourenço frequentava o café há uns bons dez anos e ele já lá estava antes disso, pelo que o fazia eterno, como se tivesse vivido atrás daquele balcão desde sempre. Mas não tinha a menor ideia de como o homem se chamava. Lourenço não era do género de confraternizar com os vizinhos. Toda a gente o conhecia, claro, as pessoas abordavam-no com comentários sobre a televisão. Gostavam de lhe fazer perguntas sobre as caras conhecidas dos programas e de insistir com ele para que lhes revelasse o final das novelas. Lourenço lá ia respondendo como podia, sem dar muita conversa, mas sem poder deixar de dispensar um mínimo de simpatia.

O homem não desviou os olhos do monitor nem deu sinal de o ouvir quando lhe pediu uma bica, mas segundos depois lá se voltou para a máquina e tirou a bica. Havia mais cinco clientes no café, espalhados pelas mesas, e todos comentavam a notícia do dia.

— Mais alguma coisa? — perguntou o homem, a olhar de novo para a televisão.

— Mais um pastel de nata — disse Lourenço, a reparar em como aquela tragédia estava a afectar as pessoas.

Naquela época, Lourenço andava com um *Golf* prateado que já vira melhores dias. Entre amolgadelas, manchas de ferrugem e outras maleitas da idade, não causava propriamente boa impressão. Mas continuava a funcionar como um relógio suíço e Lourenço gostava tanto do carro que não fazia a menor tenção de se desfazer dele. Rodou a chave da ignição e ouviu imediatamente o ronronar do motor a trabalhar sem queixas.

Ligou o rádio, pôs os óculos escuros e arrancou em direcção à ponte. Apanhou algum trânsito no acesso ao tabuleiro, mas sem paragens. Calculou que a maioria das pessoas tivesse ido para a praia bem mais cedo. O acesso à praia do Rei, na Costa de Caparica, já não foi tão fácil. Contudo, depois de ultrapassada a fila de carros para as praias vizinhas, conseguiu estacionar sem problemas.

Caminhou pela areia, paralelo ao mar, para o lado esquerdo, que lhe pareceu mais vazio, e deitou-se na areia depois de se ter posto em fato de banho e de descobrir que se esquecera de trazer uma toalha, como sempre. Usou a sua pequena mochila como almofada. Fechou os olhos a pensar numa boa soneca. Mas cinco minutos depois já se sentia a arder. Olhou para o relógio. Três da tarde. O sol não poderia estar mais forte e Lourenço não trouxera creme protector, como sempre. Suspirou, levantou-se e foi dar um mergulho.

Depois de um mergulho rápido, porque o mar não estava para brincadeiras e a água estava gelada, Lourenço optou por se deixar ficar por ali, sentado na areia molhada a ver as vistas. À beira-mar a temperatura tornava-se bem mais suportável. Inclinou-se para trás, apoiando os cotovelos na areia, quase deitado.

Reparou num casal de namorados que passou por ele a correr a caminho da água. Iam de mão dada e a rir-se. Lourenço sorriu sem dar-se conta. Lembrou-se de Isabel. Havia tanta coisa que o fazia pensar nela. Supôs que isso deveria querer dizer que a amava. Na verdade, ainda não estava seguro disso e, para ser sincero, assustava-se um pouco com a perspectiva de assumir um compromisso sério com ela. Desta vez, se desse esse passo, seria para toda a vida. Para já essa hipótese nem se colocava, mas até quando? *Desta vez,* pensou, *só pode dar em casamento.*

Naquela noite na *Kapital*, Isabel ficou encantada por rever Lourenço ao fim de tantos anos. Ele acariciou-lhe o cabelo com a naturalidade de antigamente e aproximou o rosto ao dela, falando-lhe ao ouvido para se fazer ouvir por cima da música. Isabel sentiu o perfume familiar, *Yves Saint Laurent*, que Lourenço costumava usar. Recordou-se de um aniversário dele, há séculos... Isabel oferecera-lhe o perfume e Lourenço gostara tanto que, pelos vistos, ainda hoje o usava.

Parecia que se tinham separado há poucos dias. Isabel lembrava-se exactamente de todos os pormenores que haviam conduzido a esse desfecho. Se falassem do assunto, Isabel sabia que Lourenço lhe diria ter-se tratado de uma série de desentendimentos que acabaram no rompimento definitivo. Incompatibilidades, diria ele. Contudo, Isabel sabia que a verdade tinha sido só uma: Lourenço é que acabara o namoro depois de um afastamento progressivo. Supunha que, naquela época, ele sentira necessidade de se afastar, de ficar totalmente livre, *disponível* era a palavra exacta. Porquê, ela nunca conseguira entender. Ainda hoje estava convencida de que Lourenço tomara a decisão de acabar com tudo embora continuasse a amá-la. Bem, amar talvez fosse um termo demasiado forte, demasiado perfeito. Mas gostava dela, decididamente. Ao pensar agora nisso, não lhe custava admitir que havia sido demasiado orgulhosa. Estava farta, já não era a primeira vez que ele a deixava. O amor deles poderia ter resultado, mas Isabel sofrera muito e não se sentira com forças para lutar por ele.

No dia seguinte ao encontro, Isabel teve dificuldade em concentrar-se no trabalho. Era criativa numa agência de publicidade com sede numa das modernas torres de Miraflores. O dia começara com uma importante reunião, marcada para a apresentação da nova campanha de um dos maiores clientes da empresa, uma marca de supermercados. Felizmente, pensou, não lhe cabia o papel de vender o peixe ao cliente. Pura e simplesmente, não estava com cabeça para isso. A cabeça de Isabel ainda estava no pensamento em que ficara quando a deitara no travesseiro na noite passada. De facto, embora a aprovação dos executivos do supermercado devesse ser a prioridade de Isabel nessa manhã, o que bailava no seu espírito era a imagem de Lourenço tão perto do seu rosto, ele a inclinar-se para lhe falar ao ouvido, o contacto fugidio dos seus lábios quentes com a sua orelha, o perfume envolvente que lhe trazia tantas recordações felizes... Era engraçado como o tempo tendia a apagar os momentos penosos para realçar as coisas boas. Alguém mostrava um cartão enorme com uma pescada a rir-se como gente. Isabel não lhe prestou atenção. Pensava se seria realmente possível que a simples aparição de Lourenço a pudesse afectar daquela maneira. *Não, Isabel, estás só a ir atrás de uma fantasia*, tentou convencer-se.

— Isabel. — Alguém chamava por ela.

— Hã?

— A dança dos polvos. — Era a chefe.

— Sim — disse, chegando-se à frente na cadeira para disfarçar a desatenção. — O que é que tem?

— Podemos fazê-la com menos tempo? — perguntou ela, com uma expressão de censura óbvia.

— Claro, claro — disse que sim com a cabeça. — Não há problema nenhum.

Isabel saiu para almoçar com a chefe após a reunião. Foram a um restaurantezinho despretensioso mesmo ali ao lado. Sentaram-se numa mesa isolada em frente à montra, com ampla vista para a rua. A campanha fora aprovada. Dali a umas semanas os portugueses poderiam ver uma pescada a rir-se e alguns polvos a dançarem na televisão, de modo que estava tudo bem. O que não impediu que a chefe fizesse o seu comentário sarcástico.

— Estavas muito interessada na reunião — disse. — O que é natural, afinal tratava-se de um dos nossos maiores clientes, não é?

— Tens razão, Arlete — penitenciou-se com uma careta —, não estou nos meus melhores dias.

— O que é que se passa? — inquiriu Arlete, fazendo a sua típica cara de inquisidora-mor.

— Nem queiras saber...

— Quero, quero.

— Ora cá está a ementa — interrompeu o empregado. — As senhoras vão desejar alguma coisa para beber?

— Água — disseram as duas.

— Muito bem — assentiu o homem — natural, fresca, sem gás? Arlete fuzilou-o com os olhos.

— Fresca e sem gás — respondeu, seca, com vontade de lhe bater. Isabel concordou com a cabeça.

— Ora bem — disse Arlete, retomando o fio à conversa —, ias a dizer?...

— Ontem à noite encontrei o Lourenço.

— Ah, o famoso Lourenço! — exclamou Arlete, já com as antenas no ar. Ali havia história.

Arlete Simões gostava de se ver como uma espécie de mentora de Isabel, ideia que lhe ficara do facto de ter sido ela a orientar Isabel nos seus primeiros passos hesitantes pelo mundo escorregadio da publicidade. Esse tempo já lá ia, evidentemente, hoje Isabel podia considerar-se veterana, embora Arlete continuasse a vê-la como a *sua* menina.

Arlete era, sem favor, uma lenda viva na profissão, de modo que Isabel nunca deixara de ouvir os seus conselhos. Algo que Arlete estendia a outros campos, como o dos assuntos amorosos, em que se tinha em grande conta, pois, apesar de nem por uma vez alguém lhe ter conhecido um dono do seu coração, isso nunca a impediu de ter bastas opiniões sobre os jogos de amor e as suas estratégias românticas, porventura por querer ignorar deliberadamente a sua própria condição de solteirona crónica. Um sucesso nos negócios mas um desastre nos amores, assim era Arlete Simões, uma mulher encalhada no declinar dos seus 45 anos.

Isabel contou-lhe a noite anterior. Arlete quis saber todos os pormenores, ainda que escassos, visto que tinha sido uma conversa de fugida.

— Ah, mas ele pediu-te o número do telefone e prometeu que te ligava, e isso é que é importante — advogou Arlete, muito convencida, enquanto acendia um cigarro.

— Pois — disse Isabel, na defensiva, com uma expressão sonhadora apoiada na palma da mão, o cotovelo em cima da mesa —, mas eu é que não estou assim tão certa de que queira voltar ao passado.

— Oh, minha filha — exclamou Arlete, no meio de uma nuvem de fumo. — Está mesmo a ver-se que não.

Isabel largou a rir. Riu-se do feitio muito inconveniente de Arlete, a que outros, que não a conheciam bem, não achavam tanta graça. Isabel não se admirava nada que Arlete nunca tivesse casado, pois reunia nela tudo o que um homem não queria numa mulher. Agressiva, avessa às conveniências sociais da diplomacia, incapaz de guardar para si uma opinião menos simpática e, como se não bastasse, com aquela sua tendência natural para dar ordens a torto e a direito como um oficial de campo, característica que punha logo de lado até os machos de boa vontade. Arlete ainda piorava mais as suas probabilidades por ser o desmazelo em pessoa, por usar um cabelo curto e deslavado e umas unhas tristes sem brilho que nunca tinham visto um salão de beleza, por se enfiar em vestidos de feira de um mau gosto aflitivo e por não ter como esconder o corpo destroçado por anos de distúrbios alimentares, excesso de tabaco e nenhum exercício. Sem ser desmesuradamente gorda, Arlete estava vários pontos acima do seu peso ideal. Usava *soutiens* largos como cestos para amparar um peito enorme, vergado aos exageros que também se notavam nos refegos da barriga. No que tocava a comida, Arlete não se refreava nem um bocadinho. Enchia-se alegremente de fritos e tomava vários *baldes* de café cheios de açúcar ao longo do dia sem parar um segundo para pensar nos malefícios. «Perdido por cem, perdido por mil», replicava com uma indiferença olímpica quando Isabel a surpreendia a empanturrar-se com salgadinhos inúteis ou bolos de pastelaria. Isabel suspeitava que Arlete procurava nos doces consolo para o desgosto de não ter o justo amor de um homem, nem a esperança de um dia ainda vir a ter um ou dois filhos que lhe preenchessem a alma. Era também por isso que Arlete nunca almoçava ou jantava em casa e vivia para o trabalho. De manhã, irrompia furiosamente pelo escritório, bem cedo, com o mesmo aspecto que deveria ter ao acordar, acendia o seu segundo cigarro do dia e começava logo a revelar a força da natureza que havia em si, massacrando toda a gente com ordens de caserna.

Arlete tinha uma vontade de ferro e vivia obcecada pela perfeição. Por causa do seu carácter voluntarioso, e por ser agitada de nascença, chegava facilmente ao limiar do histerismo. Verdade seja dita, Isabel tinha a impressão de que, naquela profissão, o histerismo era um estado perfeitamente natural e de que havia até uma certa tendência geral para disparatar ao mais leve indício de stresse. Ela, que prezava muito o autocontrolo, procurava manter-se calma e fria a maior parte do tempo, mas não podia ser tomada como exemplo.

Isabel desperdiçou a tarde embrenhada em devaneios românticos, com os olhos ora postos no telefone, ora perdidos no movimento monótono da auto-estrada Lisboa-Cascais, cujo trânsito deslizava à vista da janela ampla do seu gabinete. Não conseguiu hipnotizar o telefone, que tocou diversas vezes ao longo da tarde pregando-lhe partidas de coração. Lourenço não ligou. Por volta das cinco já tinha roído as unhas para além do aceitável e começou a achar aquele seu comportamento de adolescente bastante ridículo. De modo que decidiu regressar aos papéis adormecidos na secretária em vez de continuar a escavacar a auto-estima com sonhos infundados. Mas por pouco tempo. Arlete despontou-lhe mais uma vez pela porta entreaberta para saber se havia novidade. Passou a tarde nisto, frenética, incapaz de relaxar por um segundo. Isabel não compreendia como é que Arlete conseguia gerir o escritório, com todas as complicações que se sabia, e ainda arranjar tempo e cabeça para a vir desassossegar com intrigas de amor.

Embora não conhecesse Lourenço pessoalmente, Arlete sabia de cor a história do romance deles. E, sendo ele uma figura pública, não lhe custara nada somar a personagem da televisão com os preciosos dados fornecidos por Isabel para ter uma opinião definitiva sobre a sua personalidade, que até nem era desfavorável, tirando uma ou outra partida à *sua* menina que Arlete ainda não digerira por completo. Como não tinha vida própria, Arlete dedicava-se a compor a de Isabel.

Às sete da tarde, Isabel chegou ao extremo da depressão, levantou-se da cadeira com um salto imprevisto e disse em voz alta para as paredes: «Chega, não tenho que aturar estas merdas.» Vestiu o casaco, apanhou a carteira e saiu de mansinho para não ser emboscada por Arlete e ver-se obrigada a esgravatar mais a sua tristeza com uma conversa de fim do dia, que certamente encantaria a amiga mas deixá-la-ia ainda mais de rastos, se tal fosse possível. Contudo, não havia naquele escritório movimento algum, por mais dissimulado que fosse, que passasse despercebido à directora e Isabel não dera mais de dois passos fora do gabinete e já ouvia a vozinha alegre da outra a gritar por ela.

— Isabeeel! — chamou-a Arlete a cantar.

— Siiim? — respondeu desmoralizada, dando os mesmos dois passos a recuar, inclinando-se para trás e espreitando para o gabinete de Arlete, fronteiro ao seu.

— Vais-te embora?

— Vou — disse. — Estou cansada.

— E o Lourenço, telefonou?

— E tu a dar-lhe com o Lourenço!

— Vá lá, não te faças de sonsa.

— Não me faço nada de sonsa — defendeu-se. — Se ele telefonar, logo se vê, mas não estou nada preocupada com o assunto.

— Pronto, está bem — rendeu-se Arlete, sem acreditar numa palavra. — Vai-te lá embora.

— Até amanhã. — Acenou-lhe sem entusiasmo e aproveitou a deixa para sair de cena.

Foi directa para casa. Vivia num apartamento espaçoso na Avenida de Roma, um refúgio confortável que começara por se parecer com uma república de estudantes, embora tivesse sido alugado a meias com duas amigas muito depois de Isabel ter acabado a universidade. Uma a uma, as amigas tinham saído, em ambos os casos porque havia um noivo à espera à porta da igreja. Isabel ficara sozinha. Meses depois, a senhoria dera um passo em falso na calçada e os seus frágeis ossos de quase noventa anos desfizeram-se em mil pedacinhos, deixando-a como pó à porta da florista. Por ironia do destino, vinha de encomendar uma coroa de flores para o funeral de uma das suas últimas amigas, finada há dois dias com a bonita idade de setenta e sete anos.

Para Isabel, tinha sido uma daquelas sortes da vida. Cansados de esperar que a *mamã* desistisse de resistir ao Criador, os filhos nem deixaram que a primeira semana de luto chegasse ao fim para começarem a vender ao desbarato o fabuloso património que a senhora preservara com uma pertinácia telhuda, desde a morte do marido há quase meio século. A Isabel calhou-lhe comprar a sua própria casa por pouco mais de metade do preço. Os herdeiros ansiavam por ver a liquidez das notas e não tinham tempo, nem mais paciência, para aguardar que Isabel se decidisse a deixar o apartamento livre. De modo que lhe enviaram por carta a proposta irrecusável três dias após o enterro da *mamã* que, veio a saber, decorreu com a dignidade pesada das boas famílias, mas também, para quem esteve atento, com um certo ambiente festivo muito, muito discreto. Comprou, claro.

Isabel sentia-se fragilizada e odiava isso. Desde pequena que era vista como o génio da família, o exemplo a seguir. *A Isabel é que tem as melhores notas, a Isabel é que sabe, pergunta à Isabel como é que se faz.* Em Évora, onde crescera, na herdade do pai, habituara-se a que todos esperassem sempre que os surpreendesse positivamente. Os dois irmãos mais novos eram rapazes normais que cresciam no campo, destinados a estudar agricultura para mais tarde tomarem conta das terras da família. Afinal, um dos irmãos partira para Lisboa e hoje era médico no hospital Santa Maria, ficando o outro a ajudar o pai. Quanto a Isabel, chegara à capital depois de terminar o liceu com excelentes notas e, desde logo, sentira um grande alívio por conquistar finalmente a sua independência e, consequentemente, livrar-se das pressões para que elevasse o nome da família aos píncaros do sucesso. Puro engano. A partir do momento em que terminou a faculdade, naturalmente com as melhores notas do curso, Isabel viu-se a trabalhar numa empresa onde a competição selvagem entre as pessoas fazia do quotidiano uma batalha feroz.

Valeu-lhe a mão amiga de Arlete, que a protegeu das emboscadas de gabinetes e a orientou pelos corredores minados até ela se sentir capaz de fazer frente aos inimigos de rosto amigo, sem se meter ingenuamente em todas as embrulhadas que lhe preparavam, por não perceber que a atacavam sem piedade por quererem atingir Arlete através dela.

Preparou uma salada na cozinha e levou o prato para a sala com um copo de vinho tinto. Sentou-se no seu sofá preferido, de três lugares, em tecido amarelo. Agarrou no comando da televisão e ligou-a. Lourenço apresentava o jornal da noite. Isabel sentiu uma imensa tristeza. As lágrimas começaram a rolar-lhe pelo rosto. Ficou ali a vê-lo, sem ouvir uma palavra do que dizia, a engolir a salada à força, sem vontade de comer, a pensar nas saudades que tinha de Lourenço mas sem saber se o queria verdadeiramente de volta. De certo modo, estava furiosa por o ter reencontrado. Há muito que se convencera de que Lourenço pertencia ao passado, que era um capítulo definitivamente encerrado. Mas agora que tudo voltava ao princípio, Isabel foi rever a sua vida depois de Lourenço e descobriu com uma certa perplexidade que, na realidade, estivera sempre à espera dele. Senão, como justificaria ela o facto de não ter tido um único namorado desde essa época? Claro, poderia argumentar consigo própria que andara demasiado ocupada a erguer os pilares de uma carreira profissional a tempo inteiro; poderia referir dois ou três nomes meteóricos com quem tivera aventuras ocasionais e sem importância; poderia até tentar convencer-se de que não havia prova mais peremptória do seu desinteresse do que o facto de ter deixado de pensar nele há muito tempo. Mas logo a seguir começaria a aprofundar estas certezas e, por mais voltas que lhes desse, acabaria sempre por esbarrar numa série de dúvidas inesperadas e, então, cairia em si espantada com a impossibilidade de dizer, honestamente, que não amava Lourenço e ponto final.

No fundo, Isabel sabia que deixara de pensar em Lourenço porque erguera um muro invisível em redor desse assunto para não se magoar nem mais um segundo. Sabia que, se o empenho no trabalho lhe servia de desculpa era precisamente pelo contrário do que ela tentava convencer-se. Isabel não deixara de procurar um namorado por se encontrar demasiado ocupada com a carreira, Isabel dedicara-se exclusivamente ao trabalho para não se arriscar por caminhos que, estava a ver-se, ainda a deixavam desamparada e perdida. Ela, que desde muito nova sabia exactamente o que queria e para onde ia, surpreendia-se agora a olhar para o telefone e a tremer de aflição só de ponderar a hipótese de Lourenço ter passado por cima daquele encontro fortuito, como uma simples curiosidade do passado em que não valeria a pena pensar mais.

Sexta-feira depois do trabalho, vendo que já passara de qualquer hora razoável para esperar um convite fosse de quem fosse para sair, Isabel foi a casa buscar uma muda de roupa, colocou uma mochila às costas e rumou ao Alentejo na *Honda 750* recentemente adquirida a um colega de escritório. Trocara o carro pela moto por não aguentar mais o inferno do trânsito de Lisboa. Tinha sido um impulso mas não estava nada arrependida, pelo contrário, até achava uma certa graça ao efeito que causava quando chegava a qualquer lado e via os homens voltarem-se, impressionados, ao verem-na dominar o animal mecânico com toda a desenvoltura.

Chegou a Évora em menos de uma hora. Foi ao encontro da sua casa de infância, reconfortar-se com as atenções maternais e respirar um pouco de ar puro para desanuviar a cabeça das preocupações que a andavam a consumir nos últimos dias.

A mãe recebeu-a de braços abertos. Chamava-se Isabel como a filha. Ficou maravilhada com a surpresa. Na pressa de deixar Lisboa, Isabel nem se lembrara de telefonar a avisar que ia. Mas isso não tinha importância nenhuma, a visita da filha era sempre uma alegria para os pais.

O pai era daquelas pessoas alegres que falam alto e apreciam a franqueza acima de todas as virtudes. Isabel foi encontrá-lo na sala na sua poltrona de couro, gasta pelo uso, a dormitar frente à televisão. A sala estava exactamente como quando ela saíra de casa, havia anos. De alguma forma, reconfortava-a ver, sempre que regressava, que as coisas não mudavam naquela casa. Os pais iam envelhecendo lentamente, sem sobressaltos, enquanto a mobília permanecia na mesma. A lareira acesa, os sofás confortáveis e os armários fora de moda mas com valor sentimental, tudo aquilo tinha um certo encanto e, acima de tudo, representava o regresso às origens e transmitia-lhe o mesmo sentimento de segurança dos tempos de criança, quando vivia com os pais e tinha a certeza de que eles eram eternos, de que aquelas paredes sólidas eram eternas e não precisava de se preocupar com nada, pois estaria sempre protegida de todas as ameaças. Agora, embora consciente da sua ingenuidade de outrora, Isabel não deixava de sentir uma paz de espírito admirável junto da família.

A mãe foi a correr para a cozinha prometendo uma boa refeição quente, ignorando alegremente os protestos de Isabel, que deu um beijo ao pai e se afundou num sofá a dizer que estava morta por uma cama.

— Então, filha — disse o pai, olhando-a de esguelha —, o que é que se passa?

— Não se passa nada — riu-se da perspicácia habitual do pai.

— Porquê?

— Nada — disse ele. — Para vires tão cansada, nem parece teu.

— Ah, não, é que tenho tido uma vida infernal.

— Ah, sim?

— Hum, hum...

— Muito trabalho?

— Muito — confirmou. — E agora ainda vou ter mais, porque vou passar muito tempo no Porto. Vamos abrir lá um escritório.

A conversa sobre *o que se passava* ficou para mais tarde, com a mãe.

Isabel, sendo a única filha, tinha uma relação especial com a mãe. As confidências vinham desde a adolescência. Isabel nunca tivera segredos para a mãe e esta soubera sempre orientar a filha sem cair na tentação de a proteger demasiado. Assim, ouvia-a atentamente, deixando-a despejar as suas aflições de menina e, depois de saber o que se passava, respondia-lhe com a sabedoria da experiência de vida. Mas nunca lhe dizia *se fosse eu, fazia assim,* preferia apontar-lhe dois ou três caminhos e deixar à sua consideração qual deles deveria tomar. Ajudava-a a pensar e ensinava-a a ser responsável pelas suas decisões.

Isabel aprendeu a não esperar respostas fáceis da boca da mãe. Exasperava-se muito por lhe parecer que não recebia apoio suficiente, por sentir que ela rodeava as questões e a deixava sempre com o credo na boca, terminando invariavelmente a conversa com aquela sua tirada famosa: «Olha, minha filha, tu é que sabes.» Isabel ficava a pensar que se soubesse não lhe teria ido perguntar. Contudo, a mãe achava que, mal ou bem, era sempre preferível que fosse ela a decidir.

Hoje em dia, Isabel já não ia a casa perguntar à mãe o que devia fazer à vida. Ia por saber que ela estaria disponível para a ouvir e porque lhe fazia bem desabafar. Ainda sorria ao recordar-se do dia em que dissera à mãe que queria desistir de estudar. «Está bem, Isabel» respondera-lhe ela com seriedade. «É uma decisão importante e, com certeza, já pensaste no que vais fazer a seguir, mas tu é que sabes da tua vida. És uma pessoa adulta e tomas as tuas decisões.» Isabel estava com dezasseis anos e era a melhor aluna da turma. Lembrava-se de se ter visto tão desamparada, ao sentir o peso da responsabilidade em cima dos ombros, que no dia seguinte fora para a escola e nunca mais voltara a tocar no assunto. Ficara definitivamente vacinada. Sabia que não valia a pena pedir à mãe para lhe resolver os problemas, aprendera a pensar pela sua cabeça.

— O Xavier? — perguntou Isabel.

— Ainda não deu sinal de vida — disse o pai. — Sabes como o teu irmão é, só chega lá para as tantas.

— Continua na boa vida?

— Continua a não dormir o suficiente — respondeu a mãe, entrando na sala com um tabuleiro a cheirar bem. — O que ele precisava era de uma namorada, para ver se assentava.

— Oh, mãezinha, deixa-o lá — retorquiu Isabel, levantando-se para ir para a mesa. — Deixa-o aproveitar enquanto pode.

— Então e tu? — perguntou a mãe.

— Eu, o quê?

— Tens namorado?

— Ah! Isso — sorriu sem gosto. — Não, não tenho namorado.

17

Ao contrário do que Isabel receara, Lourenço não foi da discoteca esquecido dela e até guiou para casa surpreendido com as pequenas notas que tirara de cabeça só no curto espaço de tempo em que se confrontara com ela. Isabel pareceu-lhe mais madura, senão de alma pelo menos de corpo. Lourenço conhecia-a de cor e tinha aquela ideia feita de que Isabel já nascera adulta. Quando namoravam, pouco mais do que miúdos, Isabel fuzilava-o com os disparos certeiros de uma maturidade adulta, apanhando-o invariavelmente com o pé em falso em todas as ocasiões em que ele, ingénuo, tentava fazer dela parva. Lourenço gostava dela, tanto quanto gostava de ir atrás do primeiro companheiro que encontrasse para tomar um copo ao fim da tarde, que podia prolongar-se até ao fim da noite. Andava por aí à deriva, errando pela noite como um navegador solitário, atracando num bar à conversa com o conhecido do lado de lá do balcão, para logo seguir para outro porto amigo. No dia seguinte procurava Isabel com falinhas mansas, pensando que a enganava com uma desculpa muito inteligente, mas acabava sempre desarmado. Encontrava-a magoada por ter sido deixada ao abandono e só piorava as coisas porque, em vez de lhe dizer a verdade, punha-se com uma sinceridade falsa e enrolava-se numa trapalhada de justificações que não resistiam à perspicácia dela.

Agora, a conduzir para casa com a alma iluminada pelas luzes da cidade, Lourenço esboçou um sorriso nostálgico ao pensar nesses dias de uma outra época. Isabel sempre fora mais inteligente do que ele.

No dia seguinte, tal como aconteceu com Isabel, também Lourenço não conseguiu concentrar-se no trabalho. Passou a tarde nas nuvens a escrever notícias desinspiradas em piloto automático, pendurado num pensamento. E, durante uma semana, esteve encalhado numa perplexidade angustiante. O seu primeiro impulso foi agarrar no telefone e ligar a Isabel, embalado pela ideia simples de que seria bom tornarem a sair uma noite ou duas, conforme o tempo de que necessitassem para voltarem atrás e porem as suas vidas em dia. Mas logo refreou o dedo que premia as teclas do telefone, debatendo-se com o bom senso, a pensar melhor no assunto. E dali não saiu durante dias a fio.

Seria sensato retomar uma relação encerrada há anos com muitos custos emocionais? Lourenço tinha consciência do que fizera Isabel passar nessa época. Lembrava-se de ter conversado com Isabel durante horas, pisando e repisando argumentos até ela se sentir demasiado esgotada para continuar a insistir na única ideia que lhe parecia lógica: que Lourenço queria acabar tudo com ela porque não sabia o que queria da vida. E, claro, mais uma vez Isabel compreendia melhor o que se passava na cabeça de Lourenço do que ele próprio. Lourenço ia atrás de uma fantasia qualquer que nem sabia explicar muito bem mas que se resumia a uma vontade de recuperar a sua liberdade. Ora, se encarava a relação deles nestes termos, se sentia necessidade de voltar a ficar sozinho, então estava a tomar a decisão correcta, pelo menos, foi o que lhe parecera na altura. Tinha de confessar que lhe custara deixar Isabel, mas a vida seguira o seu rumo e só agora, ao revê-la, Lourenço vacilara. Agora, começou a pensar que estava sozinho há demasiado tempo. As deambulações nocturnas a levitar por aí numa nuvem de álcool, as conversas ocasionais com tipos desconhecidos que se cruzavam com ele nos bares, os encontros com os colegas de profissão encostados aos balcões do costume, nada disso lhe interessava como dantes.

Lourenço Brasão era das pessoas mais famosas de Portugal, toda a gente o conhecia graças ao seu sucesso na televisão, mas nunca se dera ao trabalho de fazer amizades sólidas, não havia uma mulher com quem conversar ao fim do dia e nem queria ouvir falar em filhos. O que lhe restava, então? Nada.

Reatar a amizade com Isabel era uma tentação grande, mas também um caminho de um só sentido. E Lourenço receava não estar à altura de tal compromisso.

O segundo problema de Lourenço era que nem sequer sabia se Isabel queria tê-lo como amigo, quanto mais como amante.

Isabel passou a manhã de sábado a deambular pelas ruas de Évora na companhia da mãe. Acordou tarde, tomou um pequeno--almoço como só era possível em casa dos pais e depois saiu. Deram um passeio a pé dentro das muralhas. Foram sentar-se na esplanada de um cafezinho preguiçoso na praça do Giraldo e, finalmente, tiveram um bocadinho para elas. Então, sufocada pelo calor infernal que fazia, mas sobretudo pela aflição que trazia entalada na garganta, Isabel aproveitou a modorra do meio da manhã para deitar tudo cá para fora ali mesmo, sem pressa, com tranquilidade suficiente para se explicar sem tropeçar na confusão dos sentimentos. E, à medida que falava, começou a organizar os pensamentos pela primeira vez desde que o inferno se instalara na sua cabeça.

A mãe não lhe disse o que deveria fazer para ser feliz, nem ela esperava que dissesse. A mãe ouviu-a sem a interromper e, quando ela terminou, deixou correr um silêncio repousante, consciente de que a filha precisava mais de se acalmar, do que continuar a atolar--se naquele lamaçal de sentimentos contraditórios com novas perspectivas sobre o mesmo assunto.

— Muito me contas — disse finalmente. Virou-se para trás com uma descontracção estudada e pediu ao homem que dormitava encostado ao balcão um daqueles bolinhos de amêndoa, de que ela gostava tanto mas nunca sabia o nome. — Também queres? — perguntou, virando-se para ela. Isabel fez que não com a cabeça. — Olha que são óptimos.

— Não quero, mãezinha, acabei de tomar o pequeno-almoço e não tenho fome nenhuma.

— Está bem — encolheu os ombros. — Mas devias, estes bolinhos não têm nada a ver com a fome. Comem-se por si.

Isabel sorriu com a boa disposição secular da mãe. Não havia preocupação neste mundo que lhe tirasse a fome. Era uma cozinheira lendária e levava os assuntos de mesa muito a sério. Em casa dos pais nunca se comia à pressa, almoçava-se pela tarde fora e repetia-se a dose à noite. Era na sala de jantar que a família tratava os assuntos importantes. Sentados à mesa, empenhados no ritual do desfilar das travessas fumegantes e apetitosas, pais e filhos falavam de tudo o que tinham a falar ao ritmo generoso das refeições demoradas.

— Ora bem — disse a mãe, a comer o seu bolinho de amêndoa —, pelo que percebi, não falaste mais de dez minutos com o Lourenço.

— Nem cinco, mas olha como eu fiquei.

— Oh, filha — disse num tom maternal —, tu hás-de saber o que fazer se ele te telefonar para saírem. Não tens necessidade nenhuma de estares com tantas angústias antes de tempo. Deixa as coisas acontecerem primeiro e preocupa-te depois. Vais ver que vai ser tudo muito mais fácil e natural do que parece.

— Com o Lourenço nada é fácil — desabafou Isabel, com um sorriso desconcertado.

— Não te podes esquecer de que ele agora tem outra idade, está mais maduro e se te telefonar será porque está mesmo interessado.

As premissas estavam correctas, a conclusão é que não era obrigatoriamente aquela.

«Que se lixe», disse Lourenço a falar para o ecrã da televisão ao fim da tarde desse sábado. Estava sozinho em casa, meio deitado no sofá da sala, com o dedo no comando da televisão a fazer *zapping* sem receber ordens do cérebro. *Que se lixe, vou ligar-lhe.* Atirou o comando para o lado, agarrou no telefone sem fios e ligou-lhe para casa.

Respondeu-lhe o atendedor de chamadas e Lourenço teve aqueles segundos da mensagem gravada para decidir se deveria deixá-la saber que telefonara. *Que se lixe,* pensou outra vez ao ouvir a voz familiar de Isabel. Deixou-lhe uma mensagem em tom alegre. Depois marcou o número do telemóvel dela e nada. Estava desligado.

No domingo, por volta das cinco da tarde, Isabel montou na *Honda 750* que horrorizava os pais mas deliciava o irmão, Xavier, que, aliás, não perdera a oportunidade de a pedir emprestada por umas horitas. Isabel queria chegar cedo a Lisboa para ter uma noite descansada. Gostava de um serão vazio a dormitar frente à televisão e de estar na cama antes da meia-noite.

Chegou a Lisboa muito antes do anoitecer.

Fechou a porta de casa, atirou a mochila para um canto e carregou no botão do gravador de chamadas, que estava na mesinha do telefone logo à entrada, enquanto tirava o casaco de cabedal, pesado, que usava para a moto.

«Olá, Isabel. É o Lourenço.» Ficou petrificada. «Estou a telefonar-te como prometi, mas já estou a ver que não estás em casa. Olha...», uma hesitação, «era para ver se querias sair... Hoje é sábado, caso tenhas ido passar o fim-de-semana fora. Caso contrário, telefona-me, se chegares a horas e se te apetecer. Beijinhos, adeus.»

O gravador calou-se. Isabel olhou para a máquina como se fosse uma coisa estranha. Retomou a tarefa de tirar o casaco, sempre a olhar para o gravador e a pensar *e agora? E agora, o que é que eu faço?!* O casaco deslizou para o chão sem que ela reparasse exactamente que o deixava cair. Voltou atrás, à mochila, e retirou de lá o telemóvel. Encostou-se à ombreira da porta que dava para a sala, pensativa. *Se eu fosse esperta, não lhe ligava.* O dedo premiu a tecla do aparelho à procura do número memorizado de Lourenço. *Já sei que vou acabar magoada, que ele se vai arrepender quando eu já estiver caidinha outra vez, que vou sofrer e vou... merda!* De novo premiu a tecla para efectuar a ligação.

18

Lourenço atendeu o telefone ao primeiro toque.

— Olá! — quase gritou, satisfeito por a ouvir.

— Cheguei agora a casa e ouvi a tua mensagem — disse Isabel.
— Passei o fim-de-semana em casa dos meus pais.

— Ah — disse —, e tinhas o telemóvel desligado.

A porcaria do telemóvel.

— Não — disse ela —, está meio avariado e desliga-se sozinho.

— Olha, foi pena. Liguei para saber se querias ir jantar.

— Que pena...

— Pois é, paciência.

— Fica para a próxima — disse Isabel.

Não! Para a próxima, não. Tem de ser agora, pensou Lourenço.

— Olha, Isabel — disse. — O que é que estás a fazer?

— Agora?

— Sim.

— Nada, acabei de chegar.

— Então e se jantássemos hoje?

Nem penses que vai ser assim tão fácil, pensou ela.

— Ah, Lourenço, estou cansadíssima — disse, num tom de quem não lhe apetecia mesmo nada.

— Então, vamos só tomar um café — insistiu Lourenço, muito depressa para não a deixar escapar.

Não, não, não. Isabel fechou os olhos e abanou a cabeça, como se estivesse a falar com alguém que a pudesse ver.

— Está bem — ouviu-se dizer.

Que estúpida!, pensou.

Encontraram-se num café ali perto, na Avenida de Roma, com uma esplanada fechada que parecia uma redoma de vidro. Isabel tinha ido tomar um banho à pressa. Perfumou-se com gotas de *Coco Chanel* atrás das orelhas, penteou o cabelo curto e sedoso com um risco ao lado, vestiu *jeans* justas com fantasias encantadoras no fim das pernas e uma camisola branca tão pequenina que revelava a barriga lisa e o umbigo perfeito e ainda deixava espaço para tudo o que um homem quisesse imaginar. Escolheu a dedo uma roupa banal mas excitante. Espreitou-se ao espelho de corpo inteiro para ver como estava de rabo e gostou do que viu. A roupa realçava-lhe as formas sem deixar de ser suficientemente inocente, para não parecer que se fora arranjar com esmero só para o impressionar.

Desejava muito que Lourenço a achasse atraente, mas não queria que pensasse que já conseguia caminhar em cima das águas só por ele lhe ter telefonado.

Estiveram entretidos à volta de duas bicas umas boas duas horas. Conversaram como velhos amigos, desinibidos, sobre assuntos mundanos. Não se precipitaram com nada que os pudesse embaraçar ou arrefecer o coração. Riram-se. Sentiram-se bem na companhia um do outro. Estudaram-se mutuamente, cada um tentando perceber por uma palavra velada ou uma expressão reveladora a intenção do outro, que ainda não estavam preparados para dizer.

Vendo-a agora, com tempo para a observar à vontade, Lourenço achou-a mais bonita do que nunca e confirmou a sua impressão anterior de que estava mais madura, nos seus 31 anos.

Isabel, evidentemente, não teve surpresa nenhuma com o aspecto de Lourenço, pois não deixara de o ver com relativa frequência na sala da televisão de sua casa. Embora as pessoas nunca fossem em carne e osso exactamente como no ecrã, Lourenço pertencia ao grupo dos inconfundíveis. Não conseguia entrar incógnito num restaurante e avançar por aí adentro sem que a sala virasse a cabeça em murmúrios de reconhecimento, nem conseguia caminhar na rua invisível como qualquer cidadão.

Em todo o caso, Isabel não podia falar com uma televisão ou transmitir emoções para um ecrã frio. Vê-lo apenas nunca tinha sido suficiente, na verdade até tinha contribuído para que o sentisse mais longe, mais inacessível. Isabel passara por diferentes fases.

144

Quando Lourenço começou a apresentar telejornais ela recebeu a novidade como um presente. Achou engraçado vê-lo novamente e ficou feliz por saber que ele progredia na sua carreira. Mas depressa descobriu que aquilo não lhe fazia bem, que a levava a desenterrar recordações felizes que faziam doer. Isabel levara muito tempo a ultrapassar o desgosto e decidiu que não ia voltar ao mesmo sentada estupidamente à frente duma televisão. De modo que a desligou permanentemente.

E agora que eles pareciam querer regressar ao ponto onde haviam ficado, Isabel reagiu com a cautela de um animal ferido. Por seu lado, Lourenço não estava certo de que queria correr o risco de se comprometer. E cedeu ao desejo de a ver com o espírito refém do passado, ciente de que não tinha o direito de a magoar novamente. Seria, portanto, necessário avançarem para o desconhecido com passinhos curtos.

Encontraram-se mais vezes ao longo das semanas seguintes. Saíram para jantar, para conversar numa mesa discreta no cantinho de um bar, para dançar numa ou outra discoteca da moda, deitaram-se lado a lado na praia, preguiçosos, a aproveitar o sol sem precisarem de falar muito para se sentirem felizes. Mas nenhum deles se atreveu a dar o passo decisivo para a intimidade de namorados que, inevitavelmente, levaria o outro a baixar a guarda e a entregar-se sem mais resistência, já que começava a tornar-se claro para os dois que, em breve, não haveria mais nada que pudessem fazer para contrariar os seus corações arrebatados como outrora. A menos que continuassem a conspirar contra eles próprios numa cumplicidade óbvia e receosa, conscientes de que o futuro não tornaria a ser complacente com um novo falhanço.

Isabel decidiu desde logo não forçar absolutamente nada, pensando que o pior que lhe poderia acontecer era que Lourenço se declarasse por obrigação cavalheiresca, da qual, como ela sabia, acabaria por se arrepender.

E foi assim que andaram todo o mês de Agosto a festejar por tudo e por nada o simples facto de estarem juntos, esperando o momento exacto em que não reconhecerem que se amavam seria demasiado embaraçoso para poderem continuar a fingir.

Na última noite em que saíram, Lourenço quase a beijou. Foi antes de a vida dar outra cambalhota e o caso deles, até ali arrumado como uma paciência de cartas, ficar outra vez baralhado. Atraiçoou-se por um impulso. Estavam no carro dele, parado à porta do prédio dela. Era de noite e vinham de jantar. Isabel desviou o rosto e fez um sorriso embaraçado, como que a pedir-lhe desculpa.

— Queres que eu suba? — perguntou Lourenço sem ponderar o que dizia.

— Não — disse Isabel, a pensar que sim. — Ainda não estou preparada para isso.

— Está bem — resignou-se ele, sabendo que não seria boa ideia insistir.

— Lourenço — disse —, eu preferia deixar as coisas correrem sem precipitações.

Ele fechou os olhos por um segundo, numa expressão benevolente de assentimento mudo. Ela olhou em frente, através do pára-brisas, como se estivesse a pensar em algo para lhe dizer, mas virou-se novamente e encarou-o com uma alegria súbita que queria fazer desaparecer o momento anterior.

— Na segunda-feira — perguntou —, vais buscar-me ao comboio?

— Claro que vou — disse Lourenço, esboçando um sorriso contagiado pela forma como ela se lhe dirigiu.

Ainda era terça-feira e estariam sem se ver durante cinco dias. Não falaram em telefonemas. Isabel iria passar uma semana a trabalhar no Porto, Lourenço iria trabalhar até sexta, jantaria com amigos no sábado e cuidaria da ressaca no domingo, na praia, sem nada para fazer além de pensar nela.

Isabel inclinou-se no seu banco, abraçou-o carinhosamente e sempre lhe deu o beijo que lhe recusara momentos atrás. Foi um beijo nos lábios, rápido, seco, sem o compromisso de paixão que em breve, pensaram ambos, seria selado.

Isabel abriu a porta do carro e saiu antes de dar tempo aos dois de irem mais longe do que aquilo. Não quis ir mais longe. *Mais cinco dias,* pensou a morder-se de desejo e paixão, *mais cinco dias para pensares bem no que te vais meter.*

— Fico ansiosamente à espera de segunda-feira — disse num tom alegre.

— Eu também — retorquiu Lourenço.

Fechou a porta do carro e dirigiu-se para a entrada do prédio, leve, como se caminhasse sobre as águas. Mas se soubesse o que o destino lhes reservava, nunca teria dito a Lourenço para a ir esperar ao comboio.

19

Uma vez por ano, sempre em Setembro, sempre durante três dias, acontecia a festa do *Avante*, o jornal oficial do Partido Comunista Português. A festa reunia milhares de pessoas que iam palmilhar alguns hectares de terra numa quinta do Seixal, nos arredores de Lisboa, deambulando por entre as barraquinhas dos comes e bebes, comprando bugigangas variadas, abastecendo-se de bandeiras, camisolas e crachás com as cores do partido ou dos símbolos do movimento comunista internacional, como a célebre fotografia de Che Guevara.

A festa do *Avante* já não tinha o brilho dos anos revolucionários em que os militantes iam beber as palavras do secretário-geral em comícios gloriosos. Então, havia gente de todas as cores políticas que não se importava de comprar a famosa EP, o bilhete de entrada permanente, só para assistir aos concertos musicais de grupos portugueses e estrangeiros que actuavam de sexta a domingo nos vários palcos da festa.

O muro de Berlim caíra, arrastando com ele a utopia dos que viviam do lado de cá. Os países do bloco soviético mudaram de um dia para o outro e, uma a uma, as suas delegações foram deixando de marcar presença no Seixal.

O partido foi perdendo militantes. Os mais antigos foram envelhecendo e o comunismo já não seduzia os seus filhos. O romantismo dos ideais políticos foi substituído pelo pragmatismo tecnocrata e já ninguém queria ouvir discursos parados no tempo. Antes obrigatórios, os concertos da festa do *Avante* começaram a sofrer a concorrência de promotoras profissionais, que traziam as melhores bandas do mundo para tocarem em festivais ao ar livre em várias regiões do país. Havia rock para todos os gostos num calendário superpreenchido que atravessava o Verão de uma ponta à outra.

Mas, apesar de tudo, a festa continuava de pé, sem a afluência de antigamente, era certo, mas ainda de pé.

A delegação cubana foi deixada no hotel Mundial. Era um hotel muito razoável, de quatro estrelas, átrio em mármore cinzento e duas centenas e meia de quartos bastante confortáveis. O Mundial dava para a Praça Martim Moniz, na baixa de Lisboa.

Puderam descansar um pouco, jantar no restaurante do hotel e dar um passeio pelas redondezas. Luz María e Mariela foram a pé com os outros pela Praça da Figueira, onde passaram pelo rei herói, D. João I, forjado a ferro como dele próprio falava a história, em cima de um cavalo imponente, perpetuado no pedestal de pedra, de coluna direita e cabeça erguida, exibindo na mão direita o ceptro da autoridade real enquanto a esquerda segurava as rédeas do animal garboso.

Luz María chegou à Praça do Rossio deslumbrada com a arquitectura pombalina, o monumental teatro Dona Maria e novidades tão simples como o trânsito intenso, os automóveis modernos, as lojas de montras exuberantes e a elegância das pessoas. Tudo aquilo, apesar de não ser nada de especial, causou-lhe uma estranha impressão de riqueza a que não estava habituada.

— Se a Europa for toda assim — disse à mãe —, quero viajar muito e conhecer o continente de uma ponta à outra.

— Olha que a Europa é um *bocadinho* maior do que a nossa ilha — retorquiu-lhe Mariela.

Tomaram café numa esplanada na Rua Augusta, animada pelo movimento intenso de uma multidão que vinha para a rua aproveitar a noite de Verão. Fazia calor e havia um ambiente festivo próprio da época. As esplanadas enchiam-se de jovens e os transeuntes deambulavam sem pressa, apreciando o trabalho de artistas de rua, que vendiam a sua obra artesanal com a displicência de quem não precisa de dinheiro para viver.

Regressaram ao hotel depois de se maravilharem com as montras, onde viram mais artigos do que algum dia tinham imaginado. Ainda não eram nove horas quando os *guias* do Ministério da Cultura arreganharam os dentes e começaram a conduzir a excursão para o hotel.

— Olha para eles — resmungou Luz María, com o estômago às voltas —, parecem dois cães pastores.

— Calma, filha — aconselhou Mariela. — Já falta pouco para nos vermos livres deles.

À noite, antes de se deitarem, Luz María e Mariela passaram em revista o dia seguinte. Reviram meticulosamente o plano traçado com golfadas de esperança e disseram uma à outra que era impossível falhar, pela simples razão de que não lhe encontraram nenhum buraco. A parte mais sensível seria desenvencilharem-se dos sinistros *guias* do Ministério da Cultura. Na intimidade do quarto, mãe e filha abraçaram-se numa celebração antecipada, mais pela necessidade de apaziguarem os nervos do que pela certeza de já estarem em segurança. Nessa noite, Luz María dormiu abraçada à mãe, como fazia quando era pequena, e isso foi um consolo para as duas, pois permitiu que adormecessem sem sobressaltos, a salvo dos pesadelos.

Acordaram cedo e juntaram-se ao resto da delegação para um pequeno-almoço reforçado no restaurante do hotel. Uma hora depois já atravessavam a ponte sobre o Tejo, que Luz María vira no dia anterior quando sobrevoavam Lisboa.

O autocarro deixou-os na Quinta da Atalaia, no Seixal, por volta das onze da manhã. Era ali, num gigantesco espaço ao ar livre, que crescia a festa do *Avante*. Os dias seguintes destinar-se-iam aos derradeiros preparativos. Centenas de militantes do PCP, comunistas orgulhosos, trabalhavam afanosamente para pôr de pé uma pequena cidade prefabricada. No fim-de-semana seguinte, quando as portas abrissem ao público, os visitantes teriam à disposição barraquinhas de comida, mostras culturais de todas as regiões do país, peças de teatro, concertos e exposições.

A comitiva cubana foi conduzida ao espaço internacional, muito perto da entrada principal da quinta. Mais tarde seriam descarregados os caixotes com os artigos típicos da ilha, que ficariam expostos e seriam vendidos a preço de custo aos visitantes.

Pouco antes da uma da tarde, numa altura em que já se falava do almoço, Luz María foi acometida de um mal-estar súbito que a obrigou a procurar um lugar à sombra para se sentar. Mariela foi chamada à pressa e veio a correr, preocupada com a filha.

— São cólicas —, explicou Luz María, agarrada à barriga.

— Ela está grávida — disse Mariela aos que a rodeavam.

— É preciso chamar um médico? — perguntou alguém.

— Não, não — recusou Luz María. — Isto já passa.

Mas não passou. O *guia* do Ministério da Cultura, o *jogador* de basquetebol, veio saber o que se passava. Com as mãos apoiadas acima dos joelhos, dobrou-se do alto dos seus dois metros e tal e interrogou Luz María.

— Então — perguntou —, não se sente bem?

— Nem por isso — respondeu ela por entre esgares de dor.

— Talvez seja melhor regressares ao hotel para descansares, filha — sugeriu Mariela.

— Sim, Mamí. É capaz de ser melhor.

O homem ponderou um instante no assunto. Estava visivelmente consternado com o problema. Aquilo trocava-lhe as voltas ao horário, baralhava-lhe o plano do dia. E ele gostava de cumprir à risca os planos estabelecidos. Os imprevistos obrigavam a improvisos e isso deixava-o de mau humor, embora esse fosse, aparentemente, o seu estado de espírito normal, uma vez que ninguém lhe tinha visto os dentes desde o início da viagem.

— Muito bem — acabou por se render —, vou dizer ao motorista que as leve de volta ao hotel.

Foi uma tarde à flor da pele. Luz María e Mariela tinham pela frente as oito horas mais longas das suas vidas. A falsa indisposição resultara. Agora estavam em Lisboa, livres da inquietante sombra dos agentes e queriam acreditar que o pior já passara. Mas enquanto não se vissem longe não estariam descansadas. O plano era desaparecerem e, por enquanto, ainda estavam muito visíveis.

Depois de o autocarro as deixar à porta do hotel, as duas mulheres subiram ao quarto, agarraram nas malas e voltaram a descer.

Entregaram o cartão magnético da porta do quarto no balcão, atravessaram o átrio e saíram pela porta principal. Tudo isto não demorou mais de dez minutos de angústia.

Luz María e Mariela recusaram o táxi que o porteiro lhes ofereceu e misturaram-se com a multidão na rua. Passaram a Praça da Figueira e caminharam ao longo da Rua dos Fanqueiros, na direcção do rio, e não voltaram a ser vistas por ninguém.

Um pouco antes das sete da tarde, Lourenço Brasão olhou para o relógio e decidiu que tinha de sair imediatamente, se queria chegar a horas à estação de Santa Apolónia. Isabel chegava às oito e ele já telefonara para as informações a confirmar que o comboio vinha à tabela. Aquela não era a sua semana de apresentar o jornal, de modo que avisou que sairia mais cedo.

Despediu-se dos colegas com alegria e atravessou a redacção com impaciência. Há cinco dias que não via nem falava com Isabel e sentia uma ansiedade agradável, como há muito tempo não lhe acontecia. De passagem pela secretária do chefe de redacção, este *meteu-se* com ele ao ver que se ia embora antes da hora habitual. «Há quem tenha boas vidas», disse a brincar. Lourenço retorquiu-lhe com uma vénia cómica, sem parar, e seguiu para o parque de estacionamento em passadas largas.

Mais ao menos à mesma hora em que Lourenço entrava no seu carro, a comitiva cubana descia do autocarro à porta do hotel Mundial, na Praça Martim Moniz, depois de uma viagem rápida entre o Seixal e Lisboa. Vinham cansados mas bem-dispostos, e animados com a perspectiva de mais uma investida nocturna pela capital.

Enquanto os outros subiam aos seus quartos para um curto descanso antes do jantar, o *jogador* de basquetebol dirigiu-se a um dos telefones internos no átrio e marcou o número do quarto de Luz María. Queria ter a certeza de que não havia novidade.

Deixou o telefone chamar cinco vezes, tempo mais do que suficiente para que Luz María ou Mariela atendessem, tendo em conta que se tratava de um quarto relativamente pequeno e tinham, portanto, o aparelho à mão. Ninguém respondeu. O homem desligou e marcou outro número. Desta vez não esperou nem um toque.

152

— Temos um problema — disse. — Desce.

O agente atarracado desligou o telefone a vociferar em voz alta o pior calão de caserna e bateu a porta do quarto com um estrondo que abanou o corredor deserto do quarto andar. Foi direito ao elevador sem perder tempo, massacrou impacientemente o botão de chamada com o indicador grosso de uma manápula bestial como uma luva de basebol e esteve a ponto de começar aos pontapés à porta, transtornado com a espera mais prolongada do que o seu temperamento explosivo podia tolerar. Ao fim de um irritante minuto a porta abriu-se com um suave deslizar, mas o elevador estava cheio. No interior, dois casais de meia-idade aperaltados para o jantar e uma mulher muito elegante enforcada em pérolas olharam com desagrado evidente para aquele tipo impertinente, de camisa desfraldada e aspecto vulgar, que se atrevera a interromper-lhes a viagem. Mais complacente, um paquete esguio de orelhas parabólicas, ao lado de um carrinho com uma montanha de malas, fez-lhe um sorriso desolado.

— Desculpe, senhor — disse o paquete com uma vénia mesurada —, mas vai ter de esperar por outro elevador. Não demora nada.

Não esperou. Deu um passo em frente, pisando firmemente o chão do elevador que descaiu uns centímetros alarmantes, agarrou o paquete pelos colarinhos com as suas duas impressionantes *luvas* de basebol e atirou-o borda fora a voar incerto como uma mosca tonta.

— É uma emergência — rosnou-lhe em castelhano, já dentro do elevador. De qualquer modo, o cubano não sabia uma palavra de português.

A porta deslizou novamente, fechando-se a um palmo do seu nariz achatado. Começaram a descer. Atrás de si, o cubano ouviu um coro de protestos poliglotas, mas só entendeu a indignação pelo tom e respondeu em linguagem universal. Sem dizer nada e sem se voltar, disparou um soco de canhão contra a parede à sua direita, provocando um terramoto no elevador que calou instantaneamente os distintos cavalheiros e as senhoras em pânico. Segundos depois, os hóspedes viram aliviados as costas largas do cubano passarem à justa através da porta do elevador, e só então voltaram a respirar normalmente.

Reuniu-se ao *jogador* de basquetebol no átrio, frente ao balcão da portaria.

— Então — perguntou —, o que é que se passa?

— Não sei das outras duas.

O recém-chegado entendeu perfeitamente a quem é que o colega se referia.

— Não estão no quarto?

O gigante abanou lentamente a cabeça para um lado e para o outro.

— Podem ter ido dar uma volta — aventou.

— A mais nova estava doente — disse o gigante, fazendo uma expressão séria e afastando um pouco as mãos como que a sublinhar a impossibilidade.

— Já viste no bar?

— Ainda não.

— Vai lá ver, que eu pergunto aqui — disse o mais baixo, apontando para o balcão.

Pouco depois voltaram ao ponto de partida.

— O tipo do balcão diz que deixaram o hotel ao princípio da tarde — disse o agente mais baixo. — Com as malas.

— Ah, filhas da puta! — vociferou o gigante.

Os dois homens sabiam exactamente como deveriam proceder em casos como aquele. Começaram por ter uma conversinha rápida com o porteiro. Uma nota sub-reptícia passou da mão papuda do agente quadrado para a do porteiro e aconchegou-se no bolso do casaco deste. Ficaram a saber que as mulheres tinham dispensado o serviço de um táxi e haviam partido a pé na direcção do rio. Ao contrário delas, os agentes optaram pelo táxi. O porteiro fez um sinal discreto de licitador de leilão e um *Mercedes* bege avançou automaticamente até à porta do hotel. Os homens encaixaram-se como puderam no banco traseiro do táxi e partiram a farejar o sangue, à caça das suas presas.

Isabel vinha no comboio a pensar como era bom regressar a Lisboa. Tinham sido cinco dias de intenso trabalho. Ultimamente sentia dificuldade em concentrar-se depois de algumas horas às voltas com papéis indispensáveis para tudo e para nada. A agência

154

do Porto era ainda um escritório confuso. Ficava num centro de escritórios, o Edifício do Lago, ali a dois passos da Avenida da Boavista. Havia ainda que orientar a agência para a pôr definitivamente no caminho certo. Era necessário contratar pessoal, arranjar espaço para que os recém-chegados pudessem trabalhar, dar-lhes secretárias, saber da aquisição dos computadores, perguntar pelo electricista que deveria ter vindo no dia anterior e até tratar da instalação da central telefónica. E, pelo meio do caos de mesas por desembalar, de alcatifas por assentar e fios eléctricos a despontar, ainda era preciso ir à procura dos clientes novos.

Isabel estava habituada a atacar missões impossíveis com uma energia inesgotável e cumpri-las com êxito. Podia perfeitamente sobreviver a pão e café. Não lhe custava nada encerrar um dia inteiro de trabalho com uma reunião de três horas. Podia jantar depois da meia-noite, acordar às sete da manhã do dia seguinte e retomar de imediato o trabalho, entre uma saia e um sapato, ao telemóvel, ainda em casa.

Ultimamente, porém, Isabel não sentia tanta disponibilidade de espírito para trabalhar com a mesma entrega de antigamente. Baixara das catorze horas diárias habituais para umas rotineiras dez. Hoje em dia, quando o estômago se revoltava ao princípio da noite, Isabel pensava com muita sensatez que o mundo continuaria a mover-se à mesma velocidade se deixasse algum trabalho para o dia seguinte e que não valia a pena tentar fazer tudo no mesmo dia.

Claro que o bom senso nunca fora motivo suficiente para a deter. A verdadeira razão é que agora Isabel tinha um outro interesse a ocupar-lhe a cabeça e antes só havia o trabalho.

Isabel ergueu-se do seu lugar no compartimento da carruagem quando começou a ver através da janela que os arredores de Lisboa já deslizavam lá fora e retirou a sua mala da bagageira por cima das cabeças dos passageiros. Voltou a sentar-se com a mala no chão e apertada contra os joelhos, ansiosa por chegar. Sabia que teria Lourenço à sua espera em Santa Apolónia.

O executivo de cabelo grisalho que vinha sentado à sua frente levantou os olhos do computador portátil que trazia ao colo e observou-a intrigado, espreitando por cima de uns óculozinhos de meia-lua. Isabel sentiu-se uma completa idiota. Provavelmente, passaria ainda uns bons vinte minutos naquela posição incómoda, com o transtorno da mala entre os joelhos deles, quando só precisaria de alguns segundos para a resgatar da bagageira logo que o comboio parasse. Fez uma careta cómica ao homem e encolheu os ombros resignada com a sua própria estupidez.

O comboio passou na estação do Oriente e Isabel sentiu o coração acelerar. Mais uns minutos e estaria com Lourenço. Virou-se para a janela e sorriu.

No átrio de Santa Apolónia, Luz María acendeu um cigarro com a chama do isqueiro a tremer-lhe na mão inquieta. Mariela olhou-a de esguelha mas não disse nada. Luz María nunca fumava à frente da mãe. Sabia que ela não gostava e evitava fazê-lo por consideração. Mas os nervos ameaçavam-na com um colapso e como não aguentou mais abriu uma excepção. Andavam a rondar a estação de Santa Apolónia há horas. Tinham chegado cedo e comprado os bilhetes para Madrid antes de se irem esconder num restaurantezinho sujo ali perto. Haviam ficado umas três horas a mastigar uma refeição abjecta com medo de serem expulsas, mas ao fim de três cafés decidiram que não poderiam continuar ali sentadas a encher-se de cafeína ou começariam a dar nas vistas com comportamentos estranhos. Já se sentiam suficientemente eléctricas sem precisarem da ajuda do café para parecerem duas esquizofrénicas a fingir-se normais. De modo que regressaram à estação e abancaram em cima das malas à espera do comboio das dez da noite.

Uma parelha de polícias do Corpo de Intervenção da PSP em patrulha no átrio da estação já lhes deitara olhares indiscretos. Luz María tinha-os surpreendido a olhar para elas com interesse e a trocarem observações, obviamente curiosos. Os agentes usavam bastões à cintura, quase até aos pés, e Luz María, que vinha ainda com os reflexos condicionados de Cuba, ficou tão assustada como ficaria em Havana se dois polícias se interessassem por ela.

Estavam sentadas num canto do grande átrio de Santa Apolónia, fazendo-se pequeninas e invisíveis, olhando com uma fixação doentia para o relógio da estação e quanto mais olhavam mais devagar ele andava. Faltava-lhes ainda duas horas de sofrimento para embarcarem no comboio internacional para Espanha.

Os agentes cubanos começariam por investigar a estação de Santa Apolónia, uma vez que era nessa direcção que iam as fugitivas da última vez que alguém as tinha visto. Se a busca não desse em nada seguiriam para o aeroporto e só depois para as embaixadas dos Estados Unidos e de Espanha. Por maior que a cidade pudesse parecer a Luz María e a Mariela, os homens da Segurança do Estado não tinham ilusões de que era demasiado pequena para que elas se conseguissem esconder durante muito tempo. Mais tarde ou mais cedo teriam de sair da toca e então lá estariam eles para as apanhar à unha. Localizá-las era apenas uma questão de tempo, já que as opções delas também não eram muitas.

Lourenço estudou o quadro das chegadas e partidas no átrio da estação. Encontrou o número do cais que lhe interessava e encaminhou-se para lá no preciso momento em que o comboio entrava na gare. Deixou-se ficar a ver o nariz da composição a crescer para ele enquanto acendia uma cigarrilha por não ter mais nada que fazer senão aplacar a impaciência que o mordia. Fizera planos para levar Isabel a jantar a um lugar sossegado. Talvez um restaurantezinho romântico à beira-rio.

Isabel foi a primeira a sair da sua carruagem. Assim que o comboio se imobilizou, abriu a porta e desceu para o cais com o coração alvoroçado e o estômago numa revolução de nervos. Lourenço estava lá ao fundo a fumar. Viu-o assim que pôs os pés em terra, mas perdeu-o logo entre o turbilhão de gente que deixava o comboio tapando-lhe a vista. Furou por entre os grupinhos que se formaram à beira do cais e seguiu com o resto das pessoas a puxar a mala com rodinhas, sem se apressar para não parecer demasiado ansiosa.

Mais espontâneo, Lourenço quis apenas mostrar a Isabel que estava absolutamente encantado por a ter de volta. Ao vê-la surgir do meio da multidão atirou fora a cigarrilha, assoprou para o lado o fumo da última *passa* e avançou em contra-mão para ir ao seu encontro de sorriso aberto e braços estendidos. Apertou-a demoradamente contra o peito com uma ternura inesperada que a deixou desarmada e sem fôlego. Isabel abraçou-o com a carteira e tudo, mais por reflexo do que por outra coisa qualquer e, embora apanhada desprevenida, teve de reconhecer que a recepção tinha sido ainda melhor do que estava à espera. E vinha ela com a táctica toda pensada, horas e horas de pensamentos estratégicos deitados ao lixo num instante. A sua ideia era continuar a mantê-lo a uma distância prudente, obrigá-lo a batalhar por ela, encaminhando astuciosamente a relação deles para um envolvimento gradual, fazendo-o sentir que cada ponto marcado valia a pena. Isabel pretendia que Lourenço desse tanto valor ao privilégio de se amarem que nunca mais lhe passasse pela cabeça desistir dela. Mas Lourenço não lhe facilitou a vida e ela não teve coragem de o repelir, com medo de que ele a achasse demasiado fria e desinteressada.

— Tive saudades tuas — disse ele, afastando-lhe com carinho uma madeixa loura dos olhos.

— Eu também — correspondeu Isabel, ouvindo-se reconhecer a verdade com uma voz rouca de nervos.

— Só tens essa mala?

— Só — disse a pigarrear, esforçando-se por reassumir o controlo das emoções.

Os olhos astutos dos agentes cubanos esquadrinharam cuidadosamente o átrio da estação sem deixarem escapar um único pormenor. Os dois homens imobilizaram-se lado a lado, dando-se ares de ursos pachorrentos, observando o ambiente sem pressa a partir de um ponto central.

Luz María reparou neles ao mesmo tempo que o agente quadrado as detectava.

— Ai, Mamí! — assustou-se, pondo-se de pé num sobressalto.

Mariela virou a cabeça instantaneamente e viu-os também, percebendo que era tarde de mais para se esconderem.

Os homens começaram a caminhar para elas, aproximando-se normalmente, sem se apressarem.

Lourenço entrou no átrio de braço dado com Isabel, puxando a mala de rodinhas com a mão esquerda. Dirigiram-se para a saída.

— E agora, Mamí? — gemeu Luz María, com as pernas a tremerem.

— Acalma-te — disse Mariela — que eles não nos podem fazer mal, pelo menos aqui, no meio desta gente toda.

Lourenço e Isabel quase se cruzaram com os cubanos. Ele reparou nos dois tipos e achou-os curiosos. *Parecem o Bucha e o Estica,* pensou. Isabel ia demasiado envolvida em pensamentos de urgência para reparar no que quer que fosse.

Mariela levantou-se da sua mala e colocou-se ao lado da filha, agarrando-a firmemente por um braço numa atitude protectora.

Mais uns passos e eles estariam em cima delas.

A cabeça de Luz María trabalhava a toda a velocidade, procurando uma saída para aquela aflição.

Os dois homens continuaram a avançar com toda a naturalidade do mundo, procurando não atrair as atenções sobre eles e dando o seu melhor para não espantar a caça. O *jogador* de basquetebol até ensaiou um sorriso simpático, que mais pareceu um esgar patético, tal era a sua falta de jeito para agradar.

Lourenço e Isabel pararam à porta da estação, tentando perceber as intenções um do outro, já que não eram um casal com destino definido.

— Estava a pensar ir jantar a qualquer lado — sugeriu ele. — Queres?

— Só se não der para muito tarde — foi a resposta mais parecida com uma recusa que lhe saiu. — Estou cansadíssima.

— Nãããoo, claro que não — disse Lourenço, exagerando no tom, a brincar com ela porque percebeu muito bem que o seu desinteresse não era sincero.

— A sério, Lourenço — mostrou-se determinada. — Não sonhas o que tem sido a minha vida.

— Está bem — cedeu. — Prometo que te deixo em casa antes da meia-noite, minha Cinderela.

Os agentes pararam ali, frente a frente com as duas mulheres, formando uma parede compacta. O tipo quadrado retirou a mão direita do bolso enquanto falava e voltou a enfiá-la no mesmo sítio. Foi um gesto discreto, perfeito, apenas visível para as duas interlocutoras, que não puderam deixar de reparar no cabo da navalha com que ele as ameaçou sem o menor alarde.

— Vocês as duas — ordenou — vêm connosco.

— Nem pensar — disse Luz María, enchendo-se de coragem mas com a voz a tremer de medo.

Num abrir e fechar de olhos, os dois gorilas enquadraram Mariela e passaram cada um o braço pelos dela, como se fossem dois sobrinhos gentis a amparar carinhosamente uma tia que não viam há muito.

— Você — disse a Luz María o homem mais baixo, com um sorriso sinistro —, é melhor acompanhar-nos, se não quiser que eu arranque as tripas à sua mãezinha aqui mesmo.

O gigante baixou da sua torre para apanhar a mala de Mariela e levantou-a com tanta ligeireza que nem parecia que levava ali os derradeiros despojos de uma vida inteira.

Começaram a andar, quase carregando Mariela no ar. Ela, impotente, sentiu-se a planar nos braços dos homens. E Luz María não teve outro remédio senão segui-los.

— Para onde é que nos levam? — perguntou Mariela.

— Para a embaixada — respondeu o mais estúpido, tarde de mais para atender à advertência do colega compacto, que lhe abriu muito os olhos num aviso surdo por cima da cabeça de Mariela.

Percebendo que estariam perdidas se fossem com eles, Mariela voltou a dar provas de um sangue-frio invulgar. Procurou os dois homens do Corpo de Intervenção da PSP que estavam por ali ainda há pouco e, ao localizá-los, arriscou o escândalo mesmo sem saber se o tipo da navalha estaria disposto a cumprir a ameaça de morte.

Os guardas não estariam a mais de cinquenta metros quando ouviram o alarido da senhora em apuros, e acorreram ligeiros como falcões atraídos por carne fresca.

Surpreendidos, os cubanos largaram Mariela tão depressa que pareceram dois miúdos apanhados com a boca na botija.

. Mariela gritava como uma desalmada. Os cubanos bem tentaram acalmá-la com palavras de apaziguamento, dizendo-lhe que não queriam fazer-lhe mal, nem a ela nem à filha, mas não conseguiram calá-la.

Os polícias chegaram. Mariela gritou num castelhano histérico que estava a ser raptada. Os cubanos fizeram-se indignados. A estação parou, interessada no escândalo. Luz María gritou também, dizendo que eles estavam armados. Os polícias deitaram a mão à cintura, apoderando-se dos bastões, e esticaram a outra para manter os cubanos a uma distância de respeito. Ordenaram-lhes com firmeza que se afastassem das mulheres.

Não fora o seu instinto de jornalista treinado e Lourenço talvez não tivesse dado muita importância à altercação que atraiu a curiosidade mórbida dos mirones, mas a necessidade de medir a importância daquele alvoroço foi demasiado forte para o deixar passar em claro.

— Espera só um bocadinho, que eu vou ali ver o que se passa — disse a Isabel, dirigindo-se para a confusão a farejar uma história.

Quando se aproximou o suficiente para conseguir ouvir a conversa, Lourenço percebeu que os cubanos procuravam justificar o seu comportamento num arrazoado de castelhano aparentemente pouco perceptível aos polícias. Lourenço aproveitou o desentendimento para se identificar como jornalista e prestou-se a servir de intérprete. Os polícias reconheceram-no da televisão e deixaram-no estar.

Os cubanos estavam a explicar quem eram e acenavam a imunidade diplomática com os passaportes na mão. Os polícias pediram a Mariela e a Luz María que se acalmassem. Elas sentiram-se mais seguras e calaram-se no mesmo instante, como dois alarmes que se desligam.

As explicações prosseguiram por mais alguns minutos. Entretanto um dos polícias foi pedindo reforços via rádio. Dali a pouco começaram a juntar-se todos os agentes que andavam nas redondezas em patrulha. Oito, ao todo. Os cubanos compreenderam que já era tarde para fazer outra coisa senão recorrer à diplomacia.

Uma carrinha da polícia parou à porta da estação.

Luz María insistiu que o cubano atarracado estava armado com uma navalha mas os guardas hesitaram em revistá-lo, intimidados pelos passaportes diplomáticos. Em contrapartida convidaram-nos a acompanhá-los à esquadra.

Lourenço decidiu seguir a história. *Lá se vai o jantarinho romântico. Ela mata-me*, pensou, sentindo-se culpado.

— Vai — disse Isabel, sem querer revelar a desilusão que lhe escureceu a alma. — Eu apanho um táxi.

— Não, Isabel, eu vou telefonar para a redacção e peço para mandarem uma equipa de reportagem. Eles podem ir ter à esquadra e agarrar a história — sugeriu ele, pouco convincente.

— Nem penses nisso. A história é tua. Vai lá, a sério, eu não me importo.

— Não te importas, a sério?

— A sério. — *Claro que me importo!*, pensou. — Depois falamos.

— És uma querida — disse Lourenço e correu para a sua história sem olhar para trás.

Isabel sentiu-se abandonada à porta da estação. *Podias ter-me dado um beijo, ao menos...,* suspirou, desalentada, com os olhos marejados por uma lágrima fácil que a irritou ainda mais do que ser trocada sem hesitação por uma história qualquer. Mas enganava-se, porque não era uma história qualquer.

20

A esquadra ficava ali a dois passos. Lourenço dirigiu-se para lá a pé. No caminho ligou para a redacção e pediu um repórter de imagem que fosse ter com ele.

Era um daqueles edifícios públicos que fariam corar de vergonha o ministro mais indiferente. Os móveis decrépitos, as paredes manchadas de sujidade, o pó amontoado e o ambiente abafado. Fazia um calor insuportável. Havia um quadro de cortiça com editais amarelecidos e avisos pregados com anos de atraso. Um *poster* despropositado naquela entrada, seguro por uma única ponta, descaía da parede com a outra ponta enrolada por cima da imagem de um polícia orgulhoso de servir o cidadão em condições. Um agente, sentado atrás do balcão numa velha cadeira com rodas que guinchava como se estivesse a ser torturada, demorava o dedo lerdo nas teclas de um computador que era um monumento à história da informática. Cada palavra escrita era um exercício de inteligência. Lourenço calculou que o relatório do agente estaria pronto lá para a meia-noite.

— Boa tarde — disse, e ficou à espera que o polícia se decidisse a escolher a letra certa no teclado e terminasse de escrever uma palavra qualquer, antes de erguer os olhos para o atender. Uma coisa de cada vez, era a lei.

— Só um momento — disse, dando a entender que estava demasiado ocupado com o computador. Um rádio crepitava a frequência policial em voz baixa, esquecido em cima de uma secretária metálica em idade de reforma, ainda que indestrutível. — Diga lá

— disse finalmente o agente, sem fazer o menor esforço para esconder o transtorno que lhe causava a interrupção.

— Venho por causa daqueles estrangeiros que foram trazidos para aqui há bocadinho — disse Lourenço, optando por ignorar o desrespeito do agente.

— O senhor tem alguma coisa a ver com o assunto? — perguntou o outro, continuando no mesmo registo indiferente mas sem chegar a ser desrespeitoso.

— Sou jornalista — explicou Lourenço, exibindo o seu cartão profissional antes que o polícia o pedisse.

— Ah! — exclamou então o homem, parecendo acordar de uma longa letargia. — É o senhor Lourenço Brasão — disse, a apontar para ele, como se fosse necessário fazê-lo para que Lourenço soubesse que era dele que falava.

— O próprio — reconheceu Lourenço. Sorriu-lhe. *Anda lá, pá, mexe-me esse cu,* disse-lhe em pensamento.

— Deixe-me ver o que se passa — disse o polícia num tom de cumplicidade súbita, e levantou-se para ir ver o que realmente se passava.

Lourenço ficou a sós, a observar a fotografia de um bilhete de identidade perdido que olhava para ele do meio da confusão dos editais esquecidos no quadro de cortiça.

— Pode entrar, senhor Lourenço — anunciou o polícia, quando voltou já todo simpático da intimidade da esquadra. — É um caso político. Cubanos — disse. — Vá lá espreitar, que aquilo pode dar que falar.

A sala estava cheia de polícias, os oito da estação. Havia as mesmas mesas e cadeiras e armários metálicos com o mesmo aspecto decrépito. Tudo naquela esquadra parecia morrer aos poucos. O ar saturado, apesar da janela aberta. Os polícias interrogavam os cubanos em separado. Tinham-nos sentado de costas voltadas, cada um numa ponta da sala. Os outros quatro polícias ouviam as queixas de Luz María e de Mariela no lado contrário da sala. Ao entrar, Lourenço ficou com a impressão de que o interrogatório não seguia nenhum método específico. Os polícias pareciam apenas interessados em perceber o problema. Não seria caso para tomar nota do incidente, de começar a preencher a papelada do costume, por enquanto. Mas os polícias sabiam o que faziam. Tinham separado os dois homens e estes das mulheres, faziam as mesmas perguntas a ambos e posteriormente iriam confrontar as versões todas e tirar as suas conclusões.

Lourenço foi ignorado. Ninguém lhe disse nada. Limitaram-se a deixá-lo assistir aos interrogatórios, o que já era um privilégio, atendendo às circunstâncias. Percebeu que estavam a proteger-se. Mais tarde, se o caso descambasse para um incidente diplomático, Lourenço poderia testemunhar a favor dos polícias, dizendo como eles tinham tratado os dois cubanos com toda a civilidade. Em troca, Lourenço obtinha a sua notícia.

Luz María compreendeu que o seu plano estava irremediavelmente comprometido. Dali, ela só podia esperar que fossem escoltadas para o aeroporto e recambiadas no primeiro avião para Havana. Não tinha ilusões. Ninguém as deixaria seguir viagem para Espanha. Os estrangeiros em deambulações clandestinas pela União Europeia eram indesejados e tratados sem contemplações pelas autoridades. De modo que não viu outra forma de impedir a deportação senão agarrando-se à lei e fazendo em Portugal o que tencionava fazer em Espanha.

— Queremos pedir asilo político — informou os polícias sem mais delongas. Fez-se um silêncio na sala.

21

O caso de Luz María e Mariela só não mereceu maior destaque no alinhamento das notícias porque nessa época nada conseguia distrair as televisões e os jornais do drama da princesa morta. Ainda assim, Lourenço esforçou-se por manter o assunto tão quente quanto possível. Noutras circunstâncias, a notícia das duas dissidentes cubanas seria assunto para abrir os telejornais.

Luz María, sendo jornalista, compreendia o poder da imprensa e prestou-se a falar a todos sem regatear a disponibilidade. Lourenço entrevistou-a, e à mãe, ainda na esquadra e voltou a fazê-lo posteriormente numa segunda reportagem, alguns dias mais tarde, já depois de elas terem sido instaladas numa pensão do Cais do Sodré às custas do Estado.

Era um quarto simples, com duas camas, casa de banho privativa e água quente. Não havia televisão nem ar condicionado mas era um quarto limpo e elas estavam tão felizes por se terem livrado dos agentes cubanos que se sentiam nas nuvens.

— Estão bem instaladas? — quis saber Lourenço.

— Temos tudo o que precisamos — respondeu Luz María, a pensar na liberdade. — De qualquer modo, é só uma solução temporária.

— Sim, mas em Portugal o temporário costuma demorar muito tempo — avisou.

— Não faz mal — disse Luz María com toda a simplicidade do mundo. — Estou agradecida ao seu governo por nos ter protegido.

Lourenço ficou encantado com Luz María desde o primeiro encontro. Admirou-a pela forma como enfrentou a situação, com coragem e determinação. Gostou de falar com ela. Percebeu à primeira resposta, quando a entrevistou, que era uma mulher culta e educada. Sabia o que queria e porque queria. Passou muito tempo com ela. Luz María falou-lhe das suas origens, contou-lhe a história da sua mãe e da família que ela própria não conhecia mas a quem contava juntar-se mais tarde em Miami. Revelou-lhe todos os pormenores sobre o encontro do pai com o comandante barbudo que um dia atravessara as suas terras, as mesmas terras que meses depois tinham sido nacionalizadas pelo Estado socialista. Lourenço ficou a saber da repartição pública que havia juntado os pais dela e da paixão que os mantivera lado a lado até ao fim. Luz María foi minuciosa no seu relato ao ponto de lhe contar o pacto secreto dos pais, que se tinham recusado a ter mais filhos enquanto não voltassem a ser donos dos seus destinos.

— É por isso que sou filha única — concluiu. A conversa durava há duas horas. Lourenço levara-a a almoçar à Cervejaria Alemã, um restaurante moderadamente requintado e discreto ali a dois passos do Cais do Sodré. Saborearam sem pressa umas salsichas com couve acompanhadas de cerveja.

— E agora — perguntou ele, a acender uma cigarrilha *Davidoff* com o café. — O que é que vocês tencionam fazer?

— Agora vamos à embaixada americana pedir uma autorização para viajarmos para os Estados Unidos.

Era isto a quarta-feira da mesma semana em que se tinham conhecido. Isabel regressara ao Porto e Lourenço acabara por não a ver, praticamente. No entanto, prometeu a si próprio que a recompensaria no fim-de-semana seguinte.

— Essa autorização — disse Lourenço — pode levar meses, tal como o processo de asilo político pedido a Portugal.

— Não tenho pressa. — Luz María encolheu os ombros e ele pensou que, provavelmente, para ela o tempo não tinha o mesmo significado que para ele. Em Lisboa o relógio andava mais depressa do que em Havana.

Luz María dissera-lhe que estava grávida e que a sua prioridade era garantir que a sua filha nascesse com todas as condições.

— Em Havana eu sabia que não haveria problema. Lá a saúde é gratuita e seria bem tratada — esclareceu —, mas aqui também poderei ter a minha filha em segurança.

— É uma menina? — admirou-se Lourenço. Luz María nem sequer parecia estar grávida.

— É — disse. — Tenho a certeza que é.

— Ah — riu-se —, é um palpite.

— É — confessou Luz María, também a rir-se.

— Está de quantos meses?

— Três — disse, à espera que ele lhe perguntasse pelo pai.

— E o pai — perguntou Lourenço —, ficou em Cuba?

— Sim — confirmou, abanando a cabeça sem lhe dar mais pormenores. Era o único assunto que preferia não aprofundar, por enquanto.

Luz María gostou de Lourenço. Ele estendera-lhe uma mão amiga sem lhe pedir nada em troca e isso, sabia-o bem, era raro em qualquer parte do mundo.

Para Lourenço, o que começara por ser apenas um caso de notícia tornou-se rapidamente algo mais pessoal. Ele não precisaria de voltar a encontrar-se com Luz María, mas como gostou dela passou a visitá-la regularmente e a ajudá-la, dando-lhe as coordenadas que lhe facilitavam a vida. Como Isabel continuava no Porto, sobrava-lhe muito tempo para Luz María.

Ajudou-a a conhecer a cidade, orientou-a pelos corredores lúgubres da burocracia nacional, onde Luz María seria torturada por todos os funcionários públicos que tivesse de enfrentar para conseguir uma consulta de hospital ou um qualquer papel que lhe fosse exigido pela sua nova condição de exilada, caso Lourenço não se tivesse disponibilizado a acompanhá-la, servindo de intérprete e de mediador entre a indiferença burocrática e a sua necessidade de sobrevivência.

Mariela dava-lhe todo o apoio possível, sempre encantadora e discreta. Em breve recebeu notícias de Miami. Conseguiu telefonar à família e logo a seguir começaram a chegar transferências bancárias mensais, assinadas pela mão surpreendentemente firme e lúcida do seu pai de noventa anos. O velho patriarca nunca se esquecera da filha e a família acreditava que ele só estava à espera de a reencontrar para poder morrer descansado.

Contudo, a ambicionada viagem para os Estados Unidos não se realizaria com a facilidade que Luz María e Mariela tinham imaginado.

Dois funcionários americanos interrogaram-nas repetidamente em diversas ocasiões. Chamaram-nas uma, duas, três vezes para lhes fazerem sempre as mesmas perguntas.

— É verdade que pertencia ao Partido Comunista?

— É verdade.

— O que a levou a aderir ao partido?

— Precisava de trabalhar.

— Mas era jornalista no órgão oficial do Partido Comunista.

— Eu era jornalista, mais nada.

— Mas porquê no *Granma?*

— Porque para conseguir viajar sem que desconfiassem das minhas intenções precisava de ocupar um cargo acima de qualquer suspeita.

— Era uma pessoa de confiança, digamos assim.

— Depende do que quer dizer com isso. Não era ninguém importante na hierarquia do jornal, nunca tive nenhum cargo de chefia, mas sim, consegui tornar-me uma pessoa de confiança, no sentido em que não suspeitavam que pudesse desertar.

— A sua mãe e o seu pai trabalhavam para o Estado?

— Em Cuba toda a gente trabalha para o Estado.

— Mas os seus pais trabalharam no Ministério dos Transportes, certo?

— Certo, mas não se tratava de um trabalho político, eles mexiam com papéis...

— Que tipo de papéis?

— Burocracia.

Este interrogatório repetiu-se ao longo de três meses. Aparentemente, os funcionários da embaixada não conseguiam entender como é que Luz María e Mariela tinham tido ligações ao partido e trabalhado na máquina do Estado cubano e agora queriam desertar para os Estados Unidos. O argumento de que pretendiam juntar-se à família em Miami era válido, claro, mas os americanos continua-

ram a fazer-lhes as mesmas perguntas com uma persistência metó-
dica que não era mais do que o estratagema habitual para as
apanhar em contradições. Contudo, tanto Luz María como Mariela
mantiveram sem mácula as suas versões da história das suas vidas.
Por mais que lhes repetissem as mesmas questões, com a desculpa
de que se tratava de tirar uma dúvida aqui e ali, de esclarecer um
ponto qualquer, elas revelavam-se inabaláveis nas mesmas respostas, e daí não saíram.

Graças às remessas de Miami, Luz María e Mariela puderam
deixar a pensão do Cais do Sodré e alugar um apartamento na
Graça. Lourenço fez um telefonema, colocou em campo alguém
conhecido de uma imobiliária e logo após Luz María e a mãe
estavam a pisar encantadas o soalho rangedor da sala, dos dois
quartos, da cozinha e da casa de banho, tudo em ponto pequeno. Mas foi a maravilhosa vista sobre a cidade, o rio e a ponte
que as deixou incondicionalmente apaixonadas pelo apartamento.

Luz María entrou no sétimo mês de gravidez e a barriga começou a pesar-lhe. Naquela zona da cidade, as ruas não eram as mais
indicadas para o seu estado de graça. Custava-lhe andar, perdia
facilmente o fôlego nas subidas íngremes e via-se em caminhadas
arriscadas por cima dos passeios de calçada, cujos paralelepípedos
irregulares não ofereciam segurança aos saltos altos. Comprou uns
sapatos de ténis e começou a passar mais tempo em casa a preparar
o enxoval da sua menina, agora confirmada por mais do que uma
ecografia.

Apesar de toda a felicidade, os dias arrastavam-se uns iguais aos
outros, pois havia limites para os preparativos que podia fazer. Luz
María sentia-se mais vulnerável do que nunca. Psicologicamente,
era como se descesse uma ladeira. Agora, vivia enjoada e não havia
nada que a livrasse dos incómodos da gravidez.

Mariela tratava da casa e cuidava de que nada lhe faltasse,
procurando fornecer o máximo de conforto à filha. Lourenço aparecia regularmente e a Luz María, mais do que um ramo de flores ou
outra coisa qualquer, sabia-lhe bem ter a companhia dele.

No início Lourenço decidiu acompanhar de perto a vida de Luz María e Mariela, convencido de que elas poderiam *dar* uma grande reportagem. Com o tempo, foi conhecendo-as melhor e deixou de pensar nelas como notícia. Luz María fascinou-o. Ao contrário da mãe, que se manteve fiel ao seu castelhano de sempre, ela aprendeu a falar português com uma facilidade de criança. Apanhava o sentido das palavras nas conversas mundanas e em breve começou a deixar o castelhano em casa e a expressar-se com razoável correcção em português. O sotaque caribenho não a atrapalhava e Lourenço achava adorável a sua forma de se expressar.

Passavam muitas horas juntos. Luz María gostava de falar sobre tudo, revelava um interesse ávido por toda a informação que Lourenço lhe pudesse dar sobre a cultura ocidental em geral e a dos portugueses em particular. Nessa época, nenhum dos dois pensou no outro como mais do que um bom amigo mas, à medida que se conheciam melhor, iam-se sentindo cada vez mais próximos, mais envolvidos em algo que não saberiam explicar por simples palavras.

O Natal chegou com o frio. Isabel fez as malas e preparou-se para deixar o Porto. O seu trabalho estava praticamente concluído. A agência já funcionava em pleno. O escritório ficara terminado há muito e os negócios corriam a bom ritmo.

Isabel sentiu-se aliviada por poder voltar definitivamente para Lisboa. Agora, passados tantos meses desde o início da tarefa, sabia perfeitamente que prejudicara a sua vida pessoal por causa do trabalho. Durante esse tempo no Porto quase não vira Lourenço. No início prometera a si própria que reservaria impreterivelmente todos os fins-de-semana para ir a Lisboa mas, apesar da boa intenção, tinha havido sempre algum motivo de força maior que a prendera ao Porto. Algum problema na montagem do escritório, um contacto de última hora com um cliente importante e caprichoso, um qualquer jantar tão aborrecido como obrigatório, tudo razões, umas a seguir às outras, para ir adiando as deslocações a Lisboa.

Falava ao telefone com Lourenço, mas mesmo isso foi-se tornando esporádico. Lourenço não era propriamente o tipo de homem romântico que gostava de passar horas ao telefone a fazer conversa só pelo prazer de lhe escutar a voz. E quando falavam era para o ouvir contar os últimos desenvolvimentos do processo do pedido de asilo político de Luz María e da mãe, que estavam instaladas numa nova casa, das consultas de Luz María, que já sabia que ia ter uma menina, mas que vivia enjoada. Isabel começou a perceber em Lourenço uma certa obsessão pela amiga cubana e isso fez soar o alarme na sua cabeça.

Desta vez Lourenço não estava à espera dela quando o comboio soltou o último suspiro da corrida entre o Porto e Lisboa. Isabel levantou-se do seu lugar e retirou sem pressa a mala da bagageira. Não foi a primeira a descer da carruagem e percorreu o cais sem a alegria de o saber à espera dela, furando contra a corrente dos passageiros apressados só por não poder esperar mais uns segundos para a abraçar e dizer-lhe que sentira a sua falta.

Isabel sentia que Lourenço estava novamente a afastar-se dela e só esperava que não fosse irremediavelmente.

Apesar da urgência de dedicar todo o tempo possível a recuperar uma relação que mais uma vez não passara de uma promessa de amor, Isabel viu-se emboscada pela tradição da época. O Natal reunia a família em casa dos pais, em Évora, e não havia nada a fazer. De forma que chegou a Lisboa com o tempo à justa para ir a casa buscar a moto e partir outra vez. Antes, porém, telefonou a Lourenço e conduziu a conversa de modo a comprometerem-se com o reencontro em Lisboa logo a seguir às festividades.

Lourenço comprou-lhe um presente na mesma loja em que comprou outro para Luz María. Um livro para cada uma. Mas acrescentou um casaquinho de lã minúsculo para a criança que vinha aí e uma jarra e um ramo de flores que lhe pareceu apropriado oferecer a Mariela.

Luz María ficou surpreendida ao saber que Lourenço não tinha ninguém com quem passar o Natal e convidou-o para sua casa. Lourenço aceitou o convite, algo envergonhado por se sentir um pária na sua própria terra, e ao mesmo tempo feliz, pois nada lhe dava mais prazer do que a perspectiva de passar uma festa tão íntima na companhia de Luz María.

Na véspera do Natal, Lourenço acrescentou aos outros embrulhos um peru acabado de fazer que comprou numa loja de comidas e levou tudo para a Graça, onde foi encontrar uma Luz María radiosa na sua gravidez indisfarçável. Radiosa para ele, que a via bonita de qualquer maneira, pois Luz María sentia-se gorda, desajeitada como uma pata-choca e, a maior parte do tempo, enjoada ao ponto de lhe parecer que estava à beira da morte. Ao contrário do que o médico lhe prometera com uma garantia científica, os enjoos não tinham passado com o andar da gestação e Luz María continuava, infeliz, a vomitar pelos cantos com um bacio atrelado para não transformar a casa num pântano podre e inabitável, já que se tornara costume ser assaltada por vómitos tão fortes que não lhe davam tempo de chegar à casa de banho. Ainda assim, na noite de Natal conseguiu umas tréguas com as entranhas e passou bem durante a festa.

Foi, apesar da presença de Lourenço, uma noite estranha, quase triste. Pela primeira vez na vida, Luz María passava um Natal fora de Havana e sem a presença do pai. Mariela sentiu o mesmo, mas disfarçou a tristeza com uma alegria prática, mantendo-se ocupada na cozinha ou a servir a ceia e a trinchar o peru enquanto falava muito para afastar os maus espíritos.

Lourenço recebeu de Luz María uma moldura em casquinha com uma fotografia dela. Só porque ele lhe tinha pedido muito. Luz María satisfez-lhe o desejo, mas com uma fotografia antiga, de antes da gravidez.

Na semana seguinte Lourenço reservou uma mesa no XL para uma passagem do ano íntima com Isabel. Devia-lhe isso. O XL mantinha-se inabalável na sua reputação de restaurante chique. Era um dos mais badalados de Lisboa. Vizinho da Assembleia da República, frequentado pelos políticos, pelos famosos e pelos endinheirados, Lourenço escolheu-o com uma pontinha de calculismo, na medida em que era um daqueles lugares onde a intimidade de uma mesa a dois se entrecortava inevitavelmente com muitas conversas de circunstância com gente conhecida. Lourenço e Isabel tiveram assim a primeira oportunidade de estar algum tempo a sós, mas não demasiado a sós. Lourenço foi evasivo quando ela quis saber como tinha sido o Natal dele. Evitou dizer-lhe que passara a noite inteira com Luz María, assim como não dissera a Luz María que tinha recusado um convite para o Alentejo. Na altura, Lourenço recusara o convite de Isabel com a desculpa de que se sentiria um intruso em casa dos pais dela. Isabel ficara desiludida mas não quisera insistir demasiado. Preferia não o ter ao pé, se fosse uma companhia forçada.

Ele sentia-se a navegar em águas turvas, dizendo meias verdades a Isabel e desculpando-se a si próprio com o argumento muito conveniente de que não a queria magoar. Lourenço fizera de propósito para não avançar no seu envolvimento com Isabel enquanto ela estava no Porto. Mas agora sabia que lhe seria difícil continuar a manter a relação em ponto morto.

Enquanto Isabel se interrogava sobre as verdadeiras intenções dele, Lourenço hesitava, dividido entre a estabilidade de um amor que ainda há escassos meses não lhe oferecia qualquer dúvida e a loucura de uma fantasia. Obviamente, ele pensava que aquilo era tudo um disparate. Afinal de contas, Luz María podia ser uma mulher adorável mas não tinha nada de bom para lhe oferecer. Grávida, com a cabeça em Miami, para onde ele sabia que ela pretendia partir assim que obtivesse a autorização da embaixada, sem emprego, sem referências culturais ou familiares que a prendessem a Portugal, a simples ideia de uma relação com Luz María não prometia mais do que uma ilusão, um grande vazio. Então por que é que ele não deixava de pensar nela e passava os dias a correr do trabalho para a sua companhia? Ora aí estava uma inquietação para a qual Lourenço ainda não tinha uma justificação prática. O problema era do coração e encantamentos dessa natureza não se deslindavam com explicações racionais.

Era neste ponto que Lourenço se encontrava quando levou Isabel a jantar ao XL.

— Passei lá por casa para lhes dar uns presentinhos — disse, esperando assim despistar a curiosidade de Isabel sobre a sua noite de Natal. — Não queria que se sentissem abandonadas.

— Só isso?

— Só — confirmou. — Deitei-me cedo.

Isabel ergueu o copo de Borba e bebericou o tinto a matutar que não seria boa ideia insistir no interrogatório. Para todos os efeitos, Lourenço não lhe *pertencia*. Afinal, tinha sido ela quem se ausentara todo aquele tempo no Porto e a verdade é que Lourenço podia passar a noite de Natal com quem muito bem lhe apetecesse.

22

Maruja nasceu tranquilamente às quatro e cinco da tarde do dia 20 de Março de 1998 na maternidade Alfredo da Costa. Foi um parto sem dor e pacífico como Luz María nunca imaginara. Preparara-se psicologicamente para um grande sofrimento, mas a surpreendente magia da epidural e a ausência de complicações inesperadas evitou-lhe incómodos de maior.

Luz María foi transportada para a maternidade no carro novo de Lourenço, que praticamente estreou um *BMW* acabadinho de sair do *stand* numa corrida nervosa entre a Graça e a maternidade. Quase como se fosse o pai da criança, Lourenço viu-se nessa época enredado numa série de transformações súbitas na sua vida. Embora na cabeça dele se tratasse simplesmente de aproveitar algumas oportunidades, a coincidência de mudar de automóvel ao mesmo tempo em que se decidiu a comprar um apartamento mais espaçoso, fazia supor que planeava criar condições para mudar de vida. Se assim foi, tratou-se de uma atitude inconsciente e de forma alguma premeditada.

O país preparava-se para o grande acontecimento do fim do século, a Expo 98, uma autêntica cidade, moderna e construída de raiz, crescia a todo o vapor na zona oriental de Lisboa. Prédios de habitação e de escritórios, hotéis e um centro comercial erguiam-se em redor do parque de exposições com os seus pavilhões, restaurantes e bares, o oceanário, o pavilhão multiusos e os jardins sofisticados que decoravam uma área gigantesca que pretendia dar ao mundo uma imagem de um país projectado para o futuro. Ora,

Lourenço foi convidado a tomar uma posição numa cooperativa proprietária de um empreendimento habitacional em fase de acabamento. E por um conjunto de razões, que tinham a ver com o preço, o tamanho e a qualidade do apartamento, decidiu comprar. Era uma casa para a vida, pensou, já a imaginar que em breve poderia querer casar e estava ali uma boa oportunidade. Um pensamento que, no entanto, guardou para si.

O nascimento de Maruja foi de tal forma abençoado que Luz María se viu de regresso a casa quase tão depressa como saíra. Três dias mais tarde já descansava na sua sala enquanto a pequenina Maruja dormia no berço no quarto da mãe, vigiada de perto pela avó.

Sentada no seu sofá de tecido verde florido, com a pequena televisão esquecida em cima da camilha do canto a mostrar o dia todo novelas com o som no mínimo, Luz María passou muito tempo aconchegada a um cobertor, a salvo dos últimos dias de frio do ano. Mariela fazia-lhe companhia.

— O Lourenço faz-me lembrar o Alex — disse a mãe, quase a pensar em voz alta enquanto contemplava extasiada a filha na tarefa de amamentar a sua neta.

— Faz? — murmurou Luz María, sem levantar os olhos da cabecinha penugenta de Maruja, que se alimentava do seu peito.

— Faz — disse Mariela acentuando o que achava com a cabeça a dizer que sim e uma grave certeza no rosto.

Luz María compreendeu muito bem o que a mãe queria dizer. Lourenço não era nada parecido com Alex, quer fisicamente, quer de feitio. O que os unia, aos olhos de Mariela e de Luz María, era algo dissimulado que só se podia encontrar esgravatando nas aparências para chegar ao fundo das almas. Só assim se podia compreender o motivo subliminar que levava a que um fizesse lembrar o outro. Tal como Alex, Lourenço era, à primeira vista, uma pessoa vulgar. Afável, voluntarioso, disponível para ajudar com uma simplicidade quase enternecedora. Agora, na segurança de um novo lar, Luz María imaginava o que teria sido a sua vida se, naquele dia perigoso, não tivesse encontrado Lourenço na estação de Santa Apolónia. Certamente muito mais difícil.

Havana parecia ter sido ontem e, no entanto, Lourenço parecia ter estado presente desde sempre. Luz María aprendera à sua custa que os momentos difíceis são vividos com uma intensidade quase insuportável, estranha aos tempos felizes, que escorrem pelos dias como a água passa entre os dedos. O que queria ela da vida, agora que já obtivera o seu bem mais precioso, a liberdade?

Acariciou a sua bebé. *Parece uma boneca*, pensou, espantada com o milagre, desviando-se por instantes da linha de pensamento. Só uma mãe sentia algo assim?

— Já papou tudo? — perguntou uma Mariela derretida com a neta, arrancando-a aos seus devaneios.

— Hã? Parece que sim — disse com voz melosa. — Não é, minha querida? — Colocou-a na posição vertical e deu-lhe umas palmadinhas nas costas para que arrotasse, o que Maruja fez quase de seguida, sem deixar de bolçar por cima do ombro dela.

— Dá-ma cá — disse Mariela, levantando-se do seu lugar para a ir buscar. — Dá-ma cá, que eu levo-a para a caminha.

Mariela segurou em Maruja e entregou uma fralda à filha.

Luz María ficou a ver a mãe desaparecer na porta do quarto com Maruja ao colo, enquanto limpava o ombro com a fralda e um sorriso benevolente lhe iluminava o espírito agradecido. Aquela criança, pensou, era a sua prioridade, nada mais importava, o que queria dizer que todas as opções que viesse a tomar no futuro imediato teriam de ter em conta o bem-estar e a segurança da filha.

Lourenço não tarda aí, pensou, sem precisar de olhar para o relógio. Uma pessoa sabe exactamente quando alguém se interessa por ela. Qualquer um consegue perceber os sinais inequívocos. Era o caso de Lourenço. Luz María já reparara diversas vezes como ele a tratava como se fosse a única. E correspondera. Só não sabia se o fizera porque ele a fazia sentir-se segura, porque ele lhe tinha prestado uma ajuda tão preciosa, ou porque o amava realmente.

Ainda não se esquecera de Alex. Alex tornara-se simplesmente inatingível. Tal como sabia que Lourenço não era um homem inteiramente livre. Sabia da existência de Isabel e sabia que havia algo muito forte entre eles. Tinha consciência de que, por causa

178

dela, a relação de Lourenço e Isabel havia sofrido uma perturbação. E perguntava-se até que ponto Lourenço estaria disposto a desistir de Isabel por sua causa.

Nesses dias Luz María ponderou até à exaustão todas estas questões e — era mesmo dela — procurou esquematizar a situação construindo o *puzzle* que trazia baralhado na cabeça, colocando uma peça aqui, outra ali, uma a uma, dando gradualmente ordem ao seu universo confuso. Mas, mais uma vez, não teve em linha de conta os imponderáveis da vida que tornam absolutamente impossível moldá-la exactamente como a queremos, pela simples razão de que há demasiados factores que não dominamos.

Luz María sentia que, de certo modo, estava a passar pelo mesmo que passara com Alex. Lourenço era o mesmo tipo de homem que se alimentava das luzes da ribalta, capaz de virar o mundo por um capricho. As palavras da mãe não lhe tinham saído da cabeça: «O Lourenço faz-me lembrar o Alex.» Luz María não queria voltar a ser um capricho. Alex não a amara o suficiente para fazer qualquer coisa por ela. Deixara-a partir sem fazer nada para a impedir, assim como nem pensara duas vezes na possibilidade de partir com ela. Lourenço seria diferente?
Teria a sua resposta em breve.

23

O furacão Arlete invadiu o gabinete de Isabel de braços abertos e beijocou-a naqueles modos maternais que não se permitia com mais ninguém no escritório. Com o resto do pessoal era um bloco de gelo, pelo menos no que tocava a contactos físicos.

— Ah, miúda, se soubesses a falta que me fazes cá.

Isabel abriu os braços com graça.

— Aqui me tens — disse.

— Tudo em ordem no Porto?

— Tudo em ordem.

— Óptimo — sentou-se numa cadeira em frente à secretária de Isabel. — Então e o Lourenço? Conta-me tudo.

— Ah, o Lourenço — suspirou Isabel, deixando-se cair desanimada na sua cadeira. — Está bem.

— Está bem?

— Está.

— Só isso? «Está bem.»

— Só isso — sorriu.

— Mau.

Isabel fez uma careta engraçada, *sou um fracasso, bem sei.*

— Então a coisa não deu em nada? — insistiu Arlete, intrigada. — Conta-me! — impacientou-se.

— Até à data... não. Sabes que é um bocadinho difícil manter uma relação em Lisboa quando se está a viver no Porto.

— Ah, minha filha, será que estou a detectar uma crítica implícita nesse cinismo?

180

— Não, é apenas a realidade.

— O teu trabalho no Porto foi muito importante para a tua carreira.

— Eu sei, Arlete, eu sei. Não estou a queixar-me de nada, não me entendas mal. Eu fui porque quis.

— Bom — disse Arlete, apaziguadora —, agora vais ter muito tempo para resolver as coisas.

Se for a tempo, pensou Isabel, sonhadora, *se for a tempo...*

Isabel deixou passar exactamente um mês, altura em que não aguentou mais a indefinição de Lourenço. Ele parecia deixar correr o tempo inconsequentemente, dividindo-se entre Isabel e Luz María, prolongando uma situação insustentável como se fosse possível ignorar as implicações do pântano emocional em que se atolava. Isabel começou a sentir-se aterrada com a ideia de que afinal ele se mantinha o mesmo irresponsável de sempre, incapaz de assumir uma relação até ao fim. O prazo que Isabel se deu terminou sem acontecer nada, de modo que ela tomou a decisão de confrontar Lourenço com a inevitabilidade da escolha. *Ou ela ou eu*, dir-lhe-ia, para esclarecer definitivamente o impasse. A bem ou a mal, iria terminar com aquele sofrimento que a trazia suspensa numa infelicidade paralisante.

Mas, em certa medida, Lourenço antecipou-se ao confronto quase por acaso.

O novo apartamento de Lourenço estava pronto. Com as obras concluídas, Lourenço recebeu a chave da casa e telefonou logo a Isabel para que a fosse conhecer. Ela foi encontrá-lo a retirar os plásticos que protegiam um jogo de sofás de couro preto acabados de entregar.

— Vais ter aqui muito trabalho — disse Isabel, ao ver a área enorme da sala por decorar. Vazia, a sala parecia ainda maior.

— Se vou — concordou Lourenço todo entusiasmado. — Anda ver a vista.

Encaminhou-a para o fundo da sala, onde a janela panorâmica lhes dava a impressão de pairarem sobre as águas do Tejo. Isabel admirou a vista sinceramente impressionada. E foi então que Lourenço cedeu a um impulso de amor.

— É um espectáculo — murmurou Isabel, de costas para Lourenço e de frente para a janela. Lá em baixo o rio era uma calmaria de prata. O dia bonito reflectia-se nas águas sulcadas ao longe por um barco de passageiros a caminho da outra margem. Era um espectáculo, de facto, mas não era na vista que Lourenço se concentrava naquele momento. Lourenço surpreendeu-se a admirar Isabel sem que ela se apercebesse que o hipnotizava involuntariamente com o seu cabelo de seda e o seu corpo perfeito de sereia.

Fez-se um silêncio encantado que nenhum ousou quebrar e, naquele momento mágico, Lourenço só pensou como Isabel era linda e que tinha de a ter para si. Aproximou-se dela e abraçou-a por trás sem se importar com as consequências do que fazia. Isabel sentiu o coração exaltar-se numa explosão de emoções felizes mas não disse nada, simplesmente porque não foi capaz de falar. Deixou-se estar com os olhos perdidos no rio e inclinou com ternura a cabeça para trás, encostando-se a ele. Lourenço sentiu o cheiro a champô do cabelo acabado de lavar e a fragrância muito feminina de *Coco Chanel* e isso excitou-o tanto que, mesmo que ainda quisesse, já não conseguiria parar. Afundou o rosto no cabelo dela e depois começou a beijá-la delicadamente no pescoço. As mãos grandes dele desceram e envolveram os seus seios pequenos. Isabel agarrou-lhe as mãos sem vontade de as retirar e continuou entregue a ele. Os seus lábios quentes na orelha fizeram-na feliz e as suas mãos firmes nos seios enlevaram-na até quase não poder mais. Mas ela precisava de saber para onde iam, precisava de algo mais do que uma felicidade fugaz.

— Lourenço — murmurou com a voz embargada pela excitação, — o que é que estás a fazer?

— Estou a dar-te o meu amor — respondeu ele sem parar de a beijar mas a pensar *que coisa mais pirosa para se dizer.*

— E amanhã — disse ela, voltando-se para o encarar, olhos nos olhos — também vais querer dar-me o teu amor?

— Amanhã também — disse Lourenço sem pestanejar. O que ele sabia é que a queria agora, imediatamente. Beijou-a nos lábios com uma sofreguidão apaixonada e pensou que, de facto, a queria toda para si hoje, amanhã e depois e depois e depois...

Isabel abraçou-o com uma vozinha dentro dela a gritar *finalmente!*, e quis acreditar que aquele momento seria eterno e que nunca mais se separariam.

Lourenço cingiu-a pela cintura e ela saltou para ele ágil e ligeira, agarrando-se com braços e pernas, cheia de vontade de gritar de alegria. Lourenço pensou divertido que quem os visse assim à janela tinha ali um belo espectáculo. Depois levou-a para o sofá.

— Vamos estrear o sofá? — disse a brincar.

— Vamos. — Isabel estava por cima dele a rir-se quando se inclinou para trás e tirou a camisola de algodão e soltou o *soutien* para fazerem amor como se fosse a primeira vez. Deitado de costas, observando-a nua, Lourenço pensou que ela era mais bonita do que ele se lembrava.

24

Tudo se resolveu no princípio de Maio. Apesar das hesitações da embaixada americana, que resistia à vontade de Luz María e de Mariela de viajarem para os Estados Unidos, a família em Miami não ficou parada. Determinado, o pai de Mariela, que continuava a ser a locomotiva do clã a despeito da sua longa idade, fez uso de toda a sua influência não admitindo nem por um instante a hipótese de haver alguém que lhe recusasse um pedido pessoal. Tão abnegado quanto empreendedor, o patriarca preocupara-se sempre em acorrer aos que precisavam de ajuda durante os anos em que reconstruía a sua fortuna em Miami. Agora cobrava os favores com a mesma naturalidade com que, no passado, os havia prestado.

Luz María recebeu a notícia do avô de que poderia refazer a vida em Madrid, onde tinha à sua espera um emprego de jornalista na produtora de televisão de um amigo que a receberia de bom grado. Se aceitasse a oferta, Luz María poderia partir em breve com a mãe. A embaixada espanhola em Lisboa seria contactada por outra pessoa amiga que asseguraria que os vistos não constituíssem problema. Simultaneamente, em Madrid haveria um apartamento no *Paseo de la Castellana*, uma das melhores zonas da cidade, que seria alugado por um ano a expensas do avô e onde elas poderiam instalar-se com todo o conforto. Luz María falou do assunto com a mãe e as duas decidiram que estava na altura de partirem. A Luz María, nada a prendia a Lisboa. A não ser Lourenço.

Lourenço não deixara de pensar em Luz María. Fechava os olhos e via-a, acabava de trabalhar e procurava-a, chegava a casa dela e esquecia-se de tudo o que ficava para lá da porta da rua. Dizia a si mesmo que amava Isabel, mas a verdade é que não podia evitar a angústia que o perturbava quando se punha a imaginar o futuro sem Luz María. Lourenço sentia-se chegado a uma encruzilhada, sem conseguir optar de uma vez por todas por um caminho concreto e assim poder seguir em frente.

Aquela tarde com Isabel teria sido um passo em falso? Lourenço sabia que fazia Isabel sentir-se insegura, que a levava a achar que ele era irresponsável e que não podia confiar em si. Pois bem, agora, mais do que nunca, ele pensava que tinha de lhe dar toda a razão. Nem uma semana depois de não ter resistido a Isabel, Lourenço já estava com Luz María. E assim foi complicando a vida por mais algum tempo, sem se trair muito porque, apesar de não estar a ser honesto, não deixava de ser sincero quando dizia a Isabel que a amava ao mesmo tempo que se perdia de amores por Luz María. Gostava das duas e dali não saía.

Era uma quinta-feira, Lourenço tinha abandonado a redacção a meio da preparação do jornal da noite, Mariela saíra para um passeio ao jardim com Maruja e Luz María ficara à espera dele depois de ter recebido o seu telefonema urgente.

— Tinha saudades tuas — disse Lourenço à entrada. — Precisava de te ver.

Abraçou-a com alívio e beijou-a nos lábios, demoradamente. Nunca a beijara assim naqueles meses todos. Descobriu que ela era quente e apaixonada. Luz María não queria que aquilo acontecesse, tal como em Cuba não quisera apaixonar-se por Alex. Mas, na mesma medida em que não resistira ao seu músico romântico, Luz María continuava a não ser dona dos seus sentimentos. Quanto muito, podia contrariá-los.

Agora Lourenço estava ali pronto a amá-la e ela sabia que mais uma vez seria obrigada a partir. Não podia envolver-se com ele. Não havia nenhuma hipótese de construir um futuro em Lisboa. Luz María não admitia a perspectiva de ficar dependente fosse de quem fosse, nunca, e em Portugal ser-lhe-ia muito difícil, se não impossível, conseguir um emprego. Pensou em Maruja, *o mais importante é a Maruja, tenho de pensar nela.*

— Lourenço, espera — afastou-o delicadamente. — Vem sentar-te comigo para conversarmos.

Ficaram frente a frente no sofá da sala.

— Lourenço — disse, consternada —, vou partir.

— Vais partir?! — estranhou ele sem entender bem o que ela lhe estava a dizer. As suas mãos acariciavam-se sem se quererem largar.

— Sim — disse —, vou para Madrid, onde tenho um emprego e um apartamento à minha espera.

— Mas... — abriu a boca, incrédulo —, mas não me tinhas dito nada!

— Só soube ontem — explicou-lhe. — Recebi uma carta do meu avô. Foi ele quem tratou de tudo.

— Luz María, ouve, eu...

— Não digas mais nada, Lourenço — pediu ela, interrompendo-o. — Eu também gosto muito de ti, mas tenho de pensar na minha filha e não posso ficar em Lisboa.

— Se fores para Madrid, eu também vou — afirmou Lourenço. Tinha a garganta seca e a voz fraca e emocionada.

— Não digas isso, por favor. Tu não podes abandonar a tua vida e tens de me deixar continuar a minha.

— Eu quero que tu fiques comigo.

— E eu também, mas infelizmente não é possível.

As mãos deles continuavam desesperadamente unidas.

— Oh, Lourenço... — desabafou sem aguentar mais e lançou-se ao seu pescoço num abraço impossível. — És tão importante para mim!

— Se fores para Madrid, eu vou contigo.

— Não, Lourenço — implorou-lhe —, não digas isso.

25

Luz María deixou Lisboa no final do mês e Lourenço ficou inconsolável. Na redacção, o trabalho complicava-se com o aproximar da data da inauguração da Expo 98 mas ele passava os dias sonâmbulo, a sonhar com Luz María e em tudo o que poderia ter feito e ter sido com ela e que não se concretizara. A direcção de informação pretendia fazer uma cobertura em directo e ao milímetro da abertura da exposição, mobilizando meios materiais e humanos como nunca fizera, recorrendo a carros de exteriores, estúdios em cenários naturais, pontos de reportagem em directo pelos quatro cantos do recinto, equipas móveis de reportagem, jornalistas, repórteres de imagem, produtores, montadores e todas as munições que conseguisse reunir para entrar em força no campo da batalha que as televisões se preparavam para travar na Expo 98. Muito a contragosto, Lourenço assistia sem estar a reuniões preparatórias e atravessava imune o frenesim que antecedia a guerra, pairando como um pássaro, alheio ao nervosismo em redor da mesa dos generais. Ainda assim, preso ao trabalho, Lourenço consolava-se ao telefone, sabendo a longa distância do desenrolar dos dias de Luz María em Madrid. Logo ele, que não tinha paciência para o telefone. Agora demorava-se uma hora inteira a ouvir a voz dela, a saber como ia a adaptação de Luz María ao novo emprego, como estava a pequena Maruja e se Mariela gostava do apartamento e da vida em Madrid. Ele, que odiava telefones, só desligava quando Luz María lhe dizia que tinha de ir, mas acabava a conversa sempre com a mesma promessa: «Vou aí logo que passe esta loucura da Expo.»

Também por causa da Expo 98 — que tão bem servia de desculpa —, Isabel quase não punha a vista em cima de Lourenço. E nos poucos momentos em que estava com ele *tinha* de o ouvir falar de Luz María até à exaustão, como se a vida dela lhe interessasse minimamente. Aparentemente, ele nem se dava conta do absurdo. Luz María representava há muito uma ameaça real à sua felicidade com Lourenço e parecia-lhe que continuava a obcecá-lo, mesmo à distância.

Isabel foi lendo os sinais de perigo cada vez com maior inquietação, até chegar à inevitável conclusão de que a relação deles ia a caminho de descarrilar, apesar de todas as promessas e de todas as declarações que ele lhe fizera. Lourenço não lhe dissera nada em concreto, mas Isabel percebeu que algo estava mal. Ele andava mais triste, melancólico, alheio a tudo. Por vezes, dava-lhe a impressão de que ele se esquecia que ela é que era a sua namorada e se punha a falar-lhe de Luz María como se estivesse a fazer confidências desoladas sobre um amor impossível à sua melhor amiga.

— Ainda pensas nela a toda a hora? — perguntou-lhe Isabel com um nó na garganta e um dique de lágrimas nos olhos pronto a rebentar a qualquer instante.

Estavam sentados a uma mesa íntima junto à parede do fundo da segunda sala do Pap'Açorda, um restaurante no Bairro Alto que fazia lembrar a sala de espera de um hospital, o que não o impedia de se manter na lista dos melhores da capital e de se encontrar esgotado naquela noite como em qualquer outra do ano. Isabel deixou cair a pergunta na mesa com uma espontaneidade tal que se surpreendeu a si própria. Mas era uma dúvida que trazia entalada na garganta e compreendeu, no exacto momento em que se ouviu fazer a pergunta, que não aguentaria nem mais um minuto sem esclarecer o assunto de uma vez por todas.

Foi um daqueles momentos, raros na vida, em que uma pessoa se fixa no motivo da sua aflição e deita-o cá para fora sem se interessar com nada nem olhar para o lado para ver quem está antes de falar. No caso foi o empregado de mesa que lhes servia o vinho com uma simpatia profissional e que, apesar de se fazer invisível, certamente continuaria a encher o copo mesmo depois de cheio se

Lourenço não tivesse acabado por quebrar o *suspense* com uma manifestação de incredulidade muito pouco convincente.

— Se eu penso nela a toda a hora? — repetiu a pergunta, tentando ganhar tempo com um espanto improvisado.

— Foi exactamente isso que eu perguntei — insistiu Isabel, sem desviar um milímetro a pontaria das palavras com que o fuzilava.

Lourenço levantou uma mão em silêncio e fechou os olhos por um segundo, pedindo-lhe uma trégua telepática enquanto o empregado servia o segundo copo e aconchegava a garrafa num *frappé* de pé alto, ao lado da mesa.

— Já o chamamos para encomendar, obrigado — disse-lhe com um sorriso desconcertado e a pensar que acabara de perder o apetite para o resto da noite.

— Com certeza — disse o empregado, esboçando uma vénia educada antes de se retirar.

— Que raio de pergunta é essa, Isabel?! — escandalizou-se de imediato, enfrentando-a com os olhos bem abertos, recorrendo à velha estratégia de atacar para melhor se defender.

— Lourenço — disse ela, mantendo-se firme —, eu sei que tu gostavas muito dela, que estavas obcecado por ela, para ser mais exacta. O que eu quero saber é se já ultrapassaste isso ou se gostas mais dela do que de mim.

— Eu gostava dela, não estava obcecado por ela — protestou, desarmado com a clarividência dela.

— Lourenço — insistiu Isabel no mesmo tom —, responde à minha pergunta.

— Não sei — disse por fim, rendido à determinação dela, encostando-se para trás na cadeira e desviando os olhos comprometidos para a mão direita, subitamente interessada no copo de vinho.

— Não sabes?! — exclamou Isabel, interessando-se também pelo copo de vinho mas por outra razão, porque se sentiu tentada a entorná-lo inteirinho por cima da cabeça dele. — O que é que isso quer dizer?

— Quer dizer que eu gosto muito dela, de facto. Mas também gosto de ti...

— Como é que pudeste fazer-me uma coisa destas? — inter-rompeu-o com uma voz gelada, mais de indignação do que de desilusão.

— Isabel, eu nunca quis magoar-te; aconteceu, foi só isso.

— Só isso?! Aconteceu? E aconteceu o quê?

— Não, não — apressou-se ele a corrigir-se, com receio de a ter induzido no erro de pensar que a traíra mais do que em pensamentos —, não aconteceu absolutamente nada.

— Ao menos isso — desabafou Isabel.

— Olha, Isabel — disse —, esquece isso. A Luz María já não está cá, eu não tive nada com ela e nós continuamos juntos. Não vale a pena estarmos a massacrar-nos com coisas que não se passaram.

— Não, não, não, não — sacudiu o indicador direito como um ponteiro furioso. — Não vamos ficar assim, Lourenço — disse, agora a sofrer —, tu voltaste a aproximar-te de mim ao fim de tantos anos, levaste-me a acreditar que estavas apaixonado, fizeste amor comigo e agora dizes-me que não tens a certeza de nada?

— Eu gosto de ti, Isabel...

— Eu sei que gostas, Lourenço, mas queria que tivesses a certeza de que estás apaixonado e de que não me vais abandonar outra vez. Pensa nisso, Lourenço.

— Olha, Isabel...

— Não — disse ela, interrompendo-o mais uma vez —, não digas mais nada hoje. Pensa nisso e fala comigo quando já não tiveres mais dúvidas. E agora vou para casa dormir, sozinha.

— Espera, Isabel, deixa-me levar-te a casa.

— Não — contrariou-o. — Eu prefiro apanhar um táxi.

Atirou o guardanapo para a mesa, levantou-se e saiu de cabeça erguida a pensar que ele não haveria de lhe dar cabo da dignidade, pois já bastava que passasse a vida a deixá-la de rastos com as suas promessas de amor que nunca cumpria.

O dia da abertura da Expo 98 foi longo, trabalhoso e terrivel-mente aborrecido. Foi um dia atolado em cerimónias oficiais que se arrastaram debaixo de um calor de praia, pouco propício a discursos solenes desfraldados à sombra de um patriotismo voltado para fora. À noite a romaria dos populares foi tão grande que, mesmo depois de já não caber mais ninguém no recinto da exposição, continuava a chegar gente e ainda havia outros tantos a caminho que perderam a festa emboscados em filas de automóveis que, a partir de certa altura, não andaram mais.

Passado o pesadelo do primeiro dia, a cobertura informativa entrou na rotina de um acontecimento que se prolongaria por meses e Lourenço aproveitou o regresso da calma à redacção para tirar uns dias de férias.

26

Ali estava ele, sentado no alto da sua glória, a pensar com muita lucidez que se tinha perdido completamente algures no turbilhão do sucesso. Sonhara que um dia alcançaria a fama, claro, mas perguntava-se agora de que lhe servia viver em função da fama se ia a caminho de um futuro vazio. *Um dia*, pensou, *não me vai restar nada além da fama*.

Lourenço tinha cedido a um impulso e pusera-se a caminho da Costa de Caparica ao declinar da tarde, cruzando-se na ponte com os derradeiros veraneantes do dia que regressavam a Lisboa depois de uma jornada na praia.

Agora já era de noite e Lourenço bebeu o último gole de cerveja na esplanada do restaurante da praia do Rei. Isabel tinha vindo ter com ele e já partira, encerrando de vez uma relação que fora a sua melhor oportunidade de conseguir uma vida a sério, bem diferente da felicidade de papel, construída página a página nas revistas sociais que faziam dele um ídolo com pés de barro.

Mas não, pensou enquanto acendia uma cigarrilha, mais uma vez optara por um caminho que não lhe prometia nada de bom. Lourenço olhava para o bilhete de avião para Madrid em cima da mesa, à sua frente, e perguntava-se que hipóteses teria com Luz María. Não sabia. Só sabia que tinha de a ver outra vez.

Também não sabia se era amor o que sentia por ela. Luz María... bem, Luz María tinha-o arrebatado desde o primeiro momento, desde as primeiras conversas. Luz María era culta, interessada, jornalista como ele e, acima de tudo, extremamente corajosa. Lourenço sentia uma imensa admiração por ela, mas seria isso amor? Não chegara a tê-la. Ao princípio Luz María estava grávida e ele nem sequer pensava que se ia apaixonar por ela. Nos últimos meses, porém, começara a vê-la para além da mulher inteligente e determinada, capaz de enfrentar o mundo inteiro em defesa dos seus direitos. Nos últimos tempos começara a ver como ela era também encantadora, divertida e bonita. Beijara-a uma vez e esse beijo ainda lhe estava colado à memória. Era por isso que Lourenço tinha de apanhar o avião para Madrid no dia seguinte.

Apagou a cigarrilha, levantou-se e foi discutir com o dono do restaurante para que o deixasse pagar a conta. Era sempre a mesma conversa.

EPÍLOGO

Lourenço acabou de tomar banho e vestiu-se depressa, a olhar para o relógio. Eram quase dez e trinta da manhã e ele praguejou em voz alta, «merda, merda, merda, ela vai-me matar». Estava atrasado, ia chegar atrasado e ela detestava que ele fizesse isso. Sorriu. Há quatro anos não teria de se preocupar com atrasos. Mas há quatro anos ele não tinha ninguém que estivesse à sua espera, que lhe fizesse má cara e lhe dissesse qualquer coisa como «contigo é sempre a mesma coisa», mas que logo lhe desse o braço, já esquecida da pequena irritação, e seguisse em frente a caminhar ao seu lado, mudando de assunto rapidamente para contar qualquer coisa agradável que lhe queria dizer. Há quatro anos Lourenço não tinha ninguém que o fizesse sentir que pertencia a algum lugar. Só tinha os seus admiradores de circunstância e um apartamento vazio à sua espera.

Vestiu o casaco a correr e quase se estatelou na entrada ao tropeçar no pequeno triciclo abandonado à porta da sala. Há quatro anos também não tropeçava em triciclos.

Saiu para a rua e apertou o casaco. 2002 começara muito frio e, apesar de estar um sábado maravilhoso, o Inverno não amainara. De modo que procurou as luvas revestidas a camurça no bolso do casaco e pôs-se a caminho do ponto de encontro combinado, no Centro Comercial Vasco da Gama. Ela queria fazer as compras do mês para a casa e precisava de ajuda. Ela não sabia que os homens odeiam ir às compras? Nem sequer era para carregar os sacos, pois mandariam entregar tudo em casa mais tarde. Era pela companhia. E ele prometera que chegaria a horas.

Estugou o passo. O que lhe valia era não estar longe, sete a dez minutos a pé, no máximo. Atravessou o recinto do Parque das Nações e entrou no Vasco da Gama pela porta de trás, a pensar numa bica e em ler o *Expresso* na esplanada, assim que despachassem as compras.

Viu-a de costas, distraída, a admirar uma montra com a miúda agarrada às suas pernas. Parou por um instante a observá-las à distância. Ali estava uma boa razão para voltar para casa todos os dias. Uma família, *a minha família*, pensou, orgulhoso consigo próprio. Isabel virou-se e iluminou-se com um sorriso ao avistá-lo. Acenou a Lourenço e ele recomeçou a andar na direcção delas a pensar que não havia dia em que não agradecesse a todos os santinhos por não ter chegado a apanhar aquele avião para Espanha, quatro anos antes.

Agora, prestes a completar os quarenta, Lourenço era um homem feliz por não ter corrido atrás de uma ilusão. Luz María continuava em Madrid, onde vivia com a mãe e a filha. Por fim, tinham sido autorizadas a viajar para os Estados Unidos, mas Luz María recusara-se. Decidira que se sentia bem onde estava e que ali ficaria, de uma vez por todas. Não queria voltar a partir.

Mariela fizera uma visita a Miami, acompanhada pela filha e pela neta. Reencontrara os pais e os irmãos quarenta anos depois de os ter abraçado pela última vez à porta do velho casarão de *la Habana Vieja*. Dois meses depois de Mariela regressar a Madrid, o pai morrera na sua cama, a dormir, reconciliado com a vida. O pai sempre dissera que lhe custava não acabar os seus dias em Cuba mas que, mais importante do que isso era conseguir reunir a família toda novamente. Referia-se à filha que se vira obrigado a deixar para trás um dia, no turbilhão de pólvora revolucionária. E só Deus sabia o que isso lhe doera.

Mariela voltara a Madrid pelo mesmo motivo que levara o seu pai a esperar por ela para morrer: o amor pela filha e pela neta.

Lourenço sabia que Luz María continuava a viver em Madrid. Tinham falado ao telefone ocasionalmente nos últimos anos. Ela não ficara magoada por ele ter casado com Isabel; pelo contrário, felicitara-o e dissera-lhe que guardava no seu coração uma amizade eterna por ele.

Lourenço atravessou o átrio do centro comercial e abaixou-se para receber a filha, que correu para ele assim que o viu e lhe saltou para os braços toda contente. Depois Lourenço olhou para o relógio: dez e trinta. Não tinha chegado atrasado. Cumprira a promessa.

01/01/2002

GRANDES NARRATIVAS

GRANDES NARRATIVAS